Zusammenspiel

Eine karmische Reise

Bernd Strohmeyer

ZUSAMMENSPIEL

Eine karmische Reise

Coverbild von Elisabeth Seidel

Bibliografische Information der
Deutschen Nationalbibliothek:
Die Deutsche Nationalbibliothek verzeichnet diese
Publikation in der Deutschen Nationalbibliografie;
detaillierte bibliografische Daten sind im Internet
über http://dnb.dnb.de abrufbar.

© 2017 Bernd Strohmeyer
Illustration: Elisabeth Seidel
Herstellung und Verlag:
BoD – Books on Demand, Norderstedt

ISBN 978-3-7431-8773-3

Inhalt

Vorwort 6
Impulse 8
Verstrickt 23
Morgenrot 29
Verwoben 36
Das Dach der Welt 42
Die Nomaden 52
Der Meister 56
Helfrieds Traum 72
Abschied 78
Neue Runde 81
Epilog 85
Der Autor 87

Vorwort

Vor vielen Jahren habe ich – eher zufällig – den Vortrag eines tibetischen Mönchs über das Bhavachakra, das Rad des Lebens, besucht. Das war der erste intensivere Kontakt mit der Idee von Wiedergeburt und einer sich wiederholenden persönlichen Lebensgeschichte. Buddha soll das Leben als ewigen Kreislauf gesehen und bei seiner Erleuchtung den Weg der Befreiung aus diesem Kreislauf erkannt haben. Illustriert wird diese zyklische Lebensbetrachtung durch ein kreisförmiges, in Sektoren unterteiltes Mandala, das im Buddhismus als Meditationshilfe dient. In den verschiedenen Sektoren sind verschiedene Stadien menschlicher Entwicklung und Möglichkeiten dargestellt, wie man unter anderem durch Bewusstmachen von Handlungsfolgen den Zyklus gestalten und formen und ihm schließlich entkommen kann.

Unbewusste Handlungsmuster und unüberprüfte Glaubenssätze werden nicht nur auf Kinder übertragen und so von Generation zu Generation weitergegeben, sondern auch auf Seelenebene tradiert. Diese unbewussten Muster beeinflussen unser Karma, also unser Wirken im Leben auch über Blutlinien hinaus. Nur weil die Muster nicht bewusst wahrgenommen werden, erscheint es uns so, als ob wir einem unentrinnbaren Schicksal ausgeliefert wären. Das Bewusstsein ist der Schlüssel, um aus diesem vermeintlichen Gefängnis zu entkommen.

Die folgenden Jahre konnte mich das Thema zunächst nicht berühren. Im Jahr 2015, ich hatte erst vor wenigen Monaten mit dem Schreiben begonnen, wuchs in mir die Sehnsucht, das Leben unter karmischen Aspekten zu beleuchten. Bei systemischer Aufstellungsarbeit nahm ich immer wieder Verhaltensmuster bei Klienten wahr, die nicht aus deren Lebensgeschichte oder Denkweise stammen konnten. Bearbeitet werden diese Muster unter anderem durch „Finden", das heißt, durch bewusstes Wahrnehmen, in Kontakt Gehen und Annehmen.

Daraus entwickelte sich die Idee, eine Geschichte zu schreiben, die sich, analog zum Karma, nicht nur mit jedem neuen Kapitel entfaltet, sondern auch einen Kreis bildet. Ein Kreis in dem Sinne, dass nach dem Ende der Geschichte der Leser wieder beim Anfang beginnt. Beim zweiten, dritten, vierten, ... Lesen sollten sich immer wieder neue Aspekte erschließen, die erst aus der Kenntnis des bereits Gelesenen sichtbar werden. Ein Mandala, aus Worten und Stille geformt, das inspirieren und nachdenklich machen soll. Mögen Ihre Inspirationen, aus der Stille geboren, in die Wirklichkeit tönen!

Impulse

Dies ist die erstaunliche Geschichte von Helfried. Helfried arbeitet in einem Schlachthof. Er tötet zusammen mit den Kollegen jeden Tag circa 3000 Schweine, das heißt, ein Stromschlag betäubt das Tier und Helfried öffnet mit einem sogenannten Hohlstechmesser die Hauptschlagader. Das Tier verblutet.

„Das ist nichts für Weicheier", sagt er jedem, der seinen Beschreibungen mit Abscheu und Gänsehaut zuhört. Dann lächelt er und ergänzt mit tiefer, rauchiger Stimme: „Irgendeiner muss das eben machen." Neulich fragte ihn jemand: „Hast du keine Angst vor dem Hass und den Seelen der toten Tiere? Vielleicht rächen sich die Seelen irgendwann an dir." Helfried lachte herzhaft: „Rächen? Bei mir oder bei dem, der das Fleisch verspeist? Unsinn! Tiere hassen nicht und Seelen rächen sich nicht. So was machen nur Menschen."

Tonnie ist ein Schwein. Genauer gesagt, ein Hausschwein. Es wächst auf einem kleinen Bauernhof als Lieblingstier der achtjährigen Bauerstochter auf. Schweine sind recht intelligente Tiere. Tonnie lernt von dem Kind allerlei Kunststückchen und sogar Gehorchen. Das eigentlich Ungewöhnliche an Tonnie ist jedoch, dass es nicht wirklich verstanden hat, dass es ein Tier ist. Es hat nie seine Eltern gesehen. Auch lebte es nie mit anderen Schweinen zusammen. Außer Hühnern, Katzen, Hunden, Pferden und Menschen kennt es keine anderen Lebewesen, zumindest keine größeren. Tonnie ist fest davon überzeugt, dass es so etwas wie ein Mensch ist. Okay, mit dem Aufrechtstehen klappt es nicht. „Noch nicht", denkt Tonnie. „Ganz kleine Menschenkinder krabbeln ja auch auf allen Vieren. Vielleicht brauche ich für das aufrechte Stehen einfach etwas länger, vielleicht wird mein Aussehen ja auch noch menschenähnlicher, vielleicht ist mein Sprachvermögen durch eine seltene Krankheit eingeschränkt." Tonnie hält sich für ziemlich genial, zeigt das natürlich nicht nach außen. Das sollen die anderen selber herausfinden. „Die verkennen mich alle!" Nur eine Sache beunruhigt Tonnie: Es wächst sehr schnell und legt enorm an Gewicht zu. Zwischenzeitlich ist es so schwer, dass es vom Bauernmädel nur noch kurz hochgehoben wird. Ins Haus darf es auch nicht mehr. Immer seltener spielt das Mädchen mit ihm, was Tonnie sehr traurig macht.

Eines Tages kommt ein Fremder. Der Bauer und der Fremde bugsieren Tonnie in einen Transporter. Das Letzte, was es vom Hof sieht, bevor der Transporter geschlossen wird, ist das Bauernmädel, das weinend am Fenster steht und zaghaft winkt.

Aufgeregt und verwirrt spürt Tonnie, dass sich irgendetwas nun grundlegend ändern wird. Die Angst wird immer größer. Was habe ich falsch gemacht? Warum schickt mich der Bauer weg? Der Bauer und das Mädchen haben mich immer versorgt und beschützt. Sie lieben mich doch! Natürlich hat Tonnie keine Ahnung, was ihm wirklich bevorsteht.

Nach langer Fahrt kommt es zusammen mit anderen Schweinen in einen engen Pferch. Zum ersten Mal begegnet Tonnie seinesgleichen. Ihm wird schrecklich klar, dass es kein Mensch ist. Das heißt, tief in seinem Inneren denkt es, dass es ein Mensch ist, der als Baby in ein Schwein verwandelt wurde. Vielleicht der Fluch einer bösen Hexe. Irgend so etwas muss es einfach sein.

Die anderen Schweine sind in ihrem Wesen ganz anders. Kommunikation ist nur mit Mühe möglich. Den Sinngehalt ihres Grunzens und Quiekens kann Tonnie nur erraten. Selbst einfachste Dinge verstehen sie nicht. Es ist ihm zum Beispiel nicht gelungen zu erklären, wo es vorher lebte. Die Begriffe „Freiheit", „Liebe", „Unabhängigkeit", „Recht" und „Unrecht", „richtig" und „falsch" kann es nicht verständlich machen. Die anderen Schweine haben auch keinerlei Vorstellung von Vergangenheit oder Zukunft. Es ist ihnen unbegreiflich, dass man verschiedene Handlungsmöglichkeiten oder Wahlmöglichkeiten hat oder gar auf verschiedene Weise sein Leben gestalten kann. Sie sind einfach nur da. Im Hier und Jetzt. Ihr Ich-Empfinden beschränkt sich auf essenzielle Bedürfnisse – ich fresse, ich schlafe und so weiter. In ihrem Geist herrscht Frieden mangels Bewusstsein.

Tonnie treibt das in den Wahnsinn. Es brüllt die anderen an: „Wacht auf und wehrt euch! Gemeinsam können wir hier ausbrechen! Das ist kein Leben!" Die Schweine schütteln nur verständnislos die Köpfe.

So geht das über einen Monat. Eines Nachts, alle schlafen, erscheint ihm ein helles Licht. Das Licht nähert sich und umhüllt es wie ein dichter Vorhang. Tonnie hat das Gefühl, aus der Welt herausgelöst zu sein und in einer anderen Dimension zu schweben. Ihm wird plötzlich klar, dass sein derzeitiges Dasein nur ein winziger Abschnitt einer sehr langen und aufregenden Geschichte ist. Einer Geschichte, der eine wichtige Episode, sein jetziges Leben, die derzeitige Bestimmung, beigesteuert wird. Nur so kann sich ein übergeordneter Auftrag erfüllen und neuen Raum für das Ganze zur Verfügung stellen.

Am nächsten Tag geht es, zusammen mit den anderen Schweinen, zum Schlachthaus. Helfried steht rauchend vor der Tür und sieht emotionslos zu, wie das „Lebendmaterial" entladen wird. Ein paar hastige

Züge an der Zigarette und schon muss er wieder an den Arbeitsplatz. Ein mechanischer Schieber presst die Tiere in den Betäubungsautomaten. Helfried macht sich an den Messern bereit. Als Tonnie an den Hinterbeinen aufgehängt die Förderstraße entlang schwebt, kommt es kurz zu Bewusstsein, öffnet die Augen und sieht Helfried mit dem Hohlstechmesser vor sich stehen. Er ist in das ungewöhnliche Licht getaucht.

Tonnie denkt unwillkürlich: „Endlich habe ich dich gefunden."

In diesem Moment stößt Helfried zu und hört gleichzeitig Tonnies Gedanken klar und laut: „Endlich habe ich dich gefunden."

Er ist wie vom Donner gerührt. Seine Beine knicken weg. Er fällt weinend und schluchzend zu Boden, während sich Tonnies Blut über ihn ergießt.

Er hat das Gefühl, als ob er sein Kind erstochen habe, gleichzeitig spürt er noch nie da gewesene tiefe Entspannung und Frieden. Als ob etwas beendet worden wäre, das schon seit ewigen Zeiten auf Erlösung gewartet hätte. Als ob sein Leben eine Aufgabe erfüllt hätte.

Die Kollegen bringen Helfried nach Hause. Sie scherzen über den Zusammenbruch und trösten ihn: „Das wird schon wieder." Helfried kann nicht einordnen, was da in ihm berührt wurde, aber irgendetwas hat sich grundlegend für ihn geändert. Doch was? Eines ist sicher: Das Schlachthaus wird er nie wieder betreten.

Ab diesem Zeitpunkt erscheint ihm sein Leben irgendwie unwirklich. Wie ein Traum, aus dem er jederzeit erwachen könnte. Nach einigen Tagen, die Helfried mit Grübeln verbringt, beschließt er, jemanden zu suchen, der ihm sein Erlebnis und seine Emotionen erklären kann. Er erinnert sich an ein Plakat, das irgendwo hing. Es kündigte einen Vortrag über einen indischen Guru an. Vielleicht hilft ihm das weiter. Die genaueren Recherchen ergeben, dass der Vortrag bereits vorbei ist, aber in einer anderen Stadt wiederholt wird. Kurz entschlossen nimmt er den Zug.

Im Zug sitzt eine Mutter mit einem sehr lebhaften Kind im selben Abteil. Auf den Plätzen schräg gegenüber dösen zwei junge Männer. Irgendwann verlässt die Mutter mit dem Kind das Abteil und angenehme Ruhe kehrt ein. Helfried beginnt zu träumen: Er befindet sich auf einem Schiff. Gleichmäßig schaukelt es durch ruhige See. Die gut gelaunten Passagiere flanieren entspannt auf dem Promenadendeck. Schöne Frauen lächeln ihm freundlich zu. Dann spricht ihn eine der Frauen an: „Warum sind Sie nicht am Steuer? Sie sind doch der Kapitän!"

„Ich?" erwidert Helfried überrascht. „Ich bin doch nicht der Kapitän. Ich bin Passagier wie Sie!"

„Aber, wer steuert dann das Schiff?", fragt die Frau mit nun scharfer angespannter Stimme. „Natürlich sind Sie der Kapitän!"

Die letzten Worte der Frau sind laut und nachdrücklich. Die anderen Passagiere verstummen. Alle drehen sich um und schauen ihn erwartungsvoll mit düsterer Miene an. Helfried wird es heiß und kalt. Angst steigt hoch. Plötzlich geht ein heftiger Ruck durch das ganze Schiff. Einige Passagiere stürzen zu Boden und Gegenstände purzeln in die Gänge. Die Passagiere schreien panisch. Irgendetwas zerrt an Helfrieds Schulter und ruft: „Den Fahrschein bitte!"

Helfried erwacht und glotzt einem Schaffner ins Gesicht. Adrenalin überschwemmt seinen Körper und er tastet linkisch und nervös nach seiner Tasche. „Ja, einen Moment", sagt er, kann aber die Tasche einfach nicht finden. Verwirrt schaut er sich im Abteil um. Die jungen Männer sind weg. Stattdessen sitzt dort eine Frau, die ihn intensiv mustert. Seine Tasche, sein Koffer, seine Jacke, alles ist weg.

Aufgeregt stammelt Helfried: „Ich bin bestohlen worden. Alles ist weg. Geld, Ausweis, Fahrschein, einfach alles." „Ach wirklich?", sagt der Schaffner immer noch ruhig, aber mit gepresster Stimme. „Das klären wir auf der Polizeistation. Kommen sie mit!" Die Frau, die Helfried musterte, schaltet sich ins Gespräch ein: „Was kostet das für den Herrn?" Der Schaffner dreht sich erstaunt zu der Frau: „Schwarzfahren kostet 40 Euro und der Fahrschein 60 Euro." Die Frau streckt ihm das Geld mit den Worten hin: „Und nun lassen sie es gut sein."

Mit dem Geld in der Hand und vor sich hin brummelnd stellt der Schaffner einen Fahrschein aus und verlässt das Abteil. Helfried glotzt ihm ungläubig hinterher. Im ersten Moment hat er das Gefühl, als ob ihn das alles gar nichts anginge, als ob er immer noch träumen und nun aus diesem Traum auch aufwachen müsste. Die Frau lächelt ihn immer noch an und ihm wird langsam klar: „Das ist alles echt! Warum tut die Frau das?" Diesen Gedanken hat er womöglich unbewusst laut geäußert, denn die Frau sagt: „Ich finde allein Reisen sehr langweilig. Deshalb habe ich Sie vor der Polizei gerettet. Sie brauchen sich nicht zu bedanken."

Peinlich! Helfried entschuldigt sich vielmals für sein Benehmen und sichert der Frau zu, ihr das Geld zurückzuzahlen, sobald der Diebstahl geklärt ist und er seine Papiere wieder hat. „Das hat Zeit", antwortet die Frau. „Da wir jetzt ein Stück zusammen reisen, möchte ich mich erst mal vorstellen: Mein Name ist Hekata. Ich bin auf der Reise zu einem Mönch in Tibet."

„Das wird aber eine lange Reise", entfährt es Helfried. Hekata lächelt. „Mein Name ist Helfried und ich wollte zu einem Vortrag über einen Guru reisen." Hekata lächelt noch mehr. Schweigen ...

Nach einer längeren Pause sagt Hekata: „Dann sind wir also beide auf der Suche."

Irgendetwas an Hekatas Wesen bewirkt bei Helfried, dass er sofort Vertrauen fasst. Er beginnt freimütig aus seinem Leben und von dem bewegenden Ereignis zu erzählen, das Auslöser der Zugfahrt ist. Hekata hört ihm aufmerksam und mitfühlend zu und gibt immer wieder ungewöhnliche Denkanstöße. Ihre Interpretationen der Ereignisse überraschen und faszinieren ihn. Eigentlich braucht er den Vortrag über den Guru nicht mehr, er hat eine viel interessantere Gesprächspartnerin gefunden.

Die Zeit vergeht wie im Flug und Helfried vergisst seine missliche Lage, ja die ganze Welt um sich herum. Es gibt nur Hekata und ihn, bis der Zug die Endstation erreicht. Als beide aussteigen, ist er völlig durcheinander. Fast schon verzweifelt. Wird sie jetzt einfach „tschüss" sagen und gehen? Was soll er dann tun? Helfried schaut stumm, mit rotem Kopf und flehendem Blick Hekata in die Augen. Diese lacht entspannt und fragt: „Wieso kommst du nicht mit nach Tibet!"

Helfrieds Herz macht einen Luftsprung, gleichzeitig brüllen ihn Gedanke an: „Nach Tibet! Bist du verrückt! Das kann Jahre dauern. Du bist auf so eine lange Reise nicht vorbereitet und hast keinen Plan! Das geht nicht! Das darfst du nicht!" Doch Hekatas Lachen und Freude wiegen mindestens genauso schwer wie alle Angstszenarien. Er denkt sich, „das ist jetzt das Verrückteste, das ich je gemacht habe …, aber ich mache es. Ich lasse alles hinter mir." Helfried schaut Hekata tief in die Augen und sagt: „Okay, ich komme mit." Hekata macht einen kleinen Luftsprung, umarmt ihn und küsst ihn auf die Wange.

Die beiden kommen ein paar Tage bei Freunden von ihr unter. Helfried nutzt diese Zeit, um sich Ersatzpapiere, eine neue Kreditkarte und Zugang zu seinem Konto zu verschaffen. Ein paar Telefonate mit Freunden und Familie, ein paar Einkäufe für Schuhe, Kleidung und so weiter. Das Abenteuer kann beginnen.

Zu Helfrieds großer Überraschung wird auch ein Freund von Hekata, Silius, die beiden begleiten. Die zweite Überraschung ist, dass sowohl Hekata als auch Silius kaum Geld haben und sich einen Flug nach Lhasa nicht leisten können. In Helfried beginnt es zu arbeiten. Kann es sein, dass Hekata ihn nur benutzt, um ihre und die Reise ihres Freundes zu finanzieren? Kann es sein, dass ihre Freundlichkeit nur gespielt ist, dass er ihr vollkommen egal ist? Wie war das noch mal? Sie sagte, sie suche „eine Begleitung". Sie sagte, sie sei „auf einer Reise". Eigentlich hätte sie sagen müssen, sie und ihr Freund, den sie abholen will, suchen eine Begleitung und die Reise ist davon abhängig, ob sie einen Dummen finden, der alles finanziert. Seine Kumpels würden jetzt schallend lachen: „Na, da hast du dich ja schön an der Nase herumführen lassen."

Die Realität wird enorm verzerrt, wenn man Aussagen der Mitmenschen mit eigenen Vorstellungen und Wünschen ergänzt. Eine Erfahrung, die Helfried immer wieder macht und die meist Wut auslöst. Was will er in Tibet finden? Was sucht er überhaupt? Er könnte gemütlich zu Hause sitzen, einen neuen Job suchen, mit Freunden feiern und das Leben genießen.

Was macht er? Was will er? Ihm fällt keine befriedigende Antwort ein. Einziger Antrieb ist nur ein unbestimmtes Bedürfnis, etwas finden zu müssen.

Am nächsten Morgen treffen sich alle drei zur Lagebesprechung. Helfried ist entschlossen auszusteigen und erscheint in griesgrämiger Stimmung. Hekata, bestens gelaunt, kommt gleich zur Sache: „Nach Tibet sind es circa 7000 Kilometer Luftlinie. Mit dem Zug und mit dem Schiff kostet es fast gleich viel wie mit dem Flugzeug. Da wir uns einen Flug nicht leisten können, müssen wir entweder irgendwie Geld beschaffen oder uns per Anhalter und mit Gelegenheitsjobs durchschlagen. Das wird strapaziös, sehr gefährlich und wird auch lange dauern. Vielleicht kommen wir niemals in Tibet an oder nicht jeder von uns kommt dort an. Alles ist möglich. Es könnte auch sein, dass der Mönch bei unserer Ankunft nicht mehr lebt. Er ist schon sehr alt. Und wie kommen wir wieder zurück? Andererseits könnte bereits der Weg zum Mönch einen Teil der Antwort auf unsere Suche beinhalten. Wahrscheinlich ist der Weg die beste Schulung und tiefste Erfahrung, die wir machen werden."

So langsam beginnt Helfried die Bedeutung der Reise zu ahnen und er schämt sich für sein Misstrauen gegenüber Hekata. Sie werden ihr Leben und alle Kräfte einsetzen müssen, um das Ziel erreichen zu können.

Schon jetzt muss er sein Denken und Handeln neu ausrichten, um der Aufgabe gewachsen zu sein. Es wird ein ganz neues Leben beginnen. „Muss sogar mein bisheriges ‚Ich' sterben, um neu geboren zu werden?" Er spürt Angst. Angst, den Sprung ins Ungewisse zu wagen. Das Vertrauen, dass es gut wird, fehlt. Jetzt kann er noch wählen: das Leben genießen, bis es endet, oder ein neues Leben erkämpfen. Ein neues Leben bedeutet, all die Höhen und Tiefen durchwandern, die man schon in der Jugend durchmachen musste. Diesmal ohne Schutz der Eltern.

Wer ist er eigentlich? Was hat er mit einem Schwein zu schaffen? Wieso wollte ihn das Tier finden? Wenn er jetzt nicht weitergeht, wird er das Gefühl, unvollständig und unfertig zu sein, nie mehr los, denkt er. Er muss einfach weitermachen.

„Helfried? Helfried! Alles klar bei dir?", fragt ihn Silius. „Was? Äh ja!", antwortet Helfried. „Ich war gerade mit den Gedanken woanders. Also ich besorge dann die Flugtickets." Hekata und Silius schauen sich gegenseitig an. „Hä?", entfährt es Hekata. „Du willst die Tickets kaufen? Ich bin platt! Damit habe ich überhaupt nicht gerechnet!" Erst jetzt bemerkt Helfried, dass darüber noch nicht gesprochen wurde und keiner Derartiges von ihm erwartet oder gar verlangt hat. Es kam wie selbstverständlich aus ihm heraus.

Den immer noch ungläubig dreinschauenden Silius und Hekata erklärt er, dass sein Erspartes gerade so reichen müsste, um den Hinflug zu finanzieren. Für den Rückflug müssten sie sich aber was einfallen lassen. Eigentlich rechnet er nun mit Begeisterungsstürmen, aber zu seinem Erstaunen bedanken sich beide nur artig. Dann gehen sie zur weiteren Planung über.

Sie müssen sich einer Reisegruppe anschließen und eine spezielle Genehmigung beantragen. Mit der Reisegruppe wird es nach Lhasa gehen. Ab da wird es gefährlich. Sie müssen zu dem circa 80 Kilometer entfernten Dorje-Drag-Kloster vordringen. Dort lebt ein Mönch, der ursprünglich ein Bönpa, eine Art vorbuddhistischer Schamane, war. Er nennt sich Singha und lehrt nun in der buddhistischen Nyingma-Tradition „Dzogchen - Die große Vollkommenheit". Um mit dem Mönch Kontakt aufnehmen zu können, müssen sie sich von der Reisegruppe absetzen. Das kann große Probleme mit den chinesischen Behörden, vielleicht sogar Gefängnis, nach sich ziehen. Doch die drei sind fest entschlossen, dies alles durchzuziehen.

Vier Wochen später hat der Reiseveranstalter die erforderlichen Unterlagen und Genehmigungen beschafft. Zwischenzeitlich sehen sich Silius, Hekata und

Helfried nur gelegentlich. Jeder bereitet sich anders auf die Reise vor. Helfried verbringt die meiste Zeit mit Ablenkungen: Kino, Theater, Lesungen, Sport, Wandern und so weiter. Silius verschwindet jeden Morgen und kommt spät nachts zurück. Wie er die Tage verbringt, verrät er nicht. Hekata meditiert, macht Yoga und besucht spirituelle Gruppen.

Der Flug nach Lhasa beginnt, wie fast jede Flugreise in ein fernes Land, „planmäßig". Doch die drei haben von Anfang an ein angespanntes und ungutes Gefühl.

Der Flug-Tracker im Flugzeug zeigt, dass sie sich gerade über Tadschikistan befinden, da reißt ein lauter Knall die Reisenden aus ihrer Müdigkeit. Sofort rüttelt und reißt es an dem Flugzeug, dröhnendes Pfeifen und donnerndes Rauschen erfüllen den Raum, die Atemmasken fallen herunter. Der Druck sinkt rapide. Die Schreie der Passagiere werden vom Lärm übertönt. Für Helfried ist das alles wie ein schlimmer Traum. Unwirklich. Er kommt nicht in Panik, sondern schaltet auf eine Art „Automatikmodus", legt den Gurt an, schnappt die Atemmaske und kauert sich nach vorne. So, wie er vorher spürte, dass etwas passieren wird, so spürt er nun, dass er nicht sterben wird. Warum? Er ist von seiner eigenen Gelassenheit überrascht. „Wer steuert das Flugzeug? Wer ist der Kapitän? Bin ich der Kapitän? Muss ich was tun!"

Verstrickt

Vor circa 500 Jahren lebte ein Bauer namens Joseph. Erst vor kurzem war sein Vater gestorben und der Mutter gefolgt, die schon im Jahr davor gestorben war. Als Ältester von drei Kindern übernahm Joseph mit 23 Jahren zusammen mit seiner Frau den Hof.

Seine beiden Brüder beneiden ihn nicht darum. Graf Philipp hat schon wieder die Steuern erhöht. Die Stimmung in der gesamten Grafschaft ist aufs äußerste gespannt und gereizt. Inzwischen müssen die Bauern fast alles abgeben, was sie erwirtschaften. Die Familien können sich kaum noch ernähren. Obwohl die Zeiten, Zeiten des Aufbruchs und der Veränderung sind – Amerika wird kolonialisiert, Wissenschaftler und Künstler wie Leonardo da Vinci, Raffael, Michelangelo und Vordenker wie Martin Luther setzten neue Impulse, das Bürgertum drängt den Landadel zurück –, bekommt Joseph von all dem kaum etwas mit. Er, seine Frau und seine Brüder kämpfen ums Überleben. Der tägliche Kampf schweißt die Familie eng zusammen. Joseph und seine Frau lieben sich über alles und führen eine zärtliche und tiefgründige Beziehung, die durch gegenseitige Achtung und Vertrauen geprägt ist. Joseph hat auch zu den Brüdern ein vertrauensvolles, liebevolles Verhältnis.

Nach langen Gesprächen mit der Familie beschließt Joseph, wegen der existenzbedrohenden Situation beim Grafen vorzusprechen. Das ist ein gefährliches Vorhaben. Nie weiß man, wie ein Adliger reagiert, wenn ein Leibeigener es wagt, in Erscheinung zu treten oder gar Forderungen zu stellen. Für einen Adligen sind Leibeigene nur wenig wertvoller als Pferde, Kühe oder Schweine. Der Graf könnte ihn einfach auspeitschen, in den Kerker stecken oder gar töten lassen. Niemand würde oder könnte ihm helfen. Der Graf ist Richter und Gesetzgeber zugleich.

Joseph steht vor der Torwache und bittet um eine Audienz beim Grafen. Nachdem er dem Wächter als Bestechung einen Laib Brot überreicht hat – Brot, das eigentlich seine Familie dringend benötigt hätte –, lässt dieser sich, unter Flüchen und Gesten der Missachtung, herab, ihn einzulassen. Der Wächter ruft einen Jungen, der beim Herrenhaus einen Diener fragen soll, ob eine Audienz überhaupt erbeten werden darf. Joseph steht neben dem missmutigen Wächter und wartet. Eine Stunde ... Zwei Stunden ... Nichts passiert. Der Wächter wird abgelöst. Am Nachmittag kommt der Junge zurück und nimmt Joseph zum Herrenhaus mit, wo ihn ein Diener empfängt. Nachdem er dem Diener sein Anliegen vorgetragen hat, bekommt er eine Stunde später Bescheid, dass ihm am nächsten Tag eine kurze Audienz gewährt wird. Ein voller Erfolg für Joseph! Er hatte kaum Hoffnung, tatsächlich bis zum Grafen vorzudringen.

Für die Nacht findet er ein Strohlager beim Schmied. Ein grobschlächtiger, aber herzlicher Mensch, der ihm erlaubt, neben der warmen Esse zu schlafen. Eigentlich der Schlafplatz des Gesellen. Aber der Geselle ist viel zu betrunken, um irgendwas zu bemerken.

Am nächsten Morgen, Josef hat vor der Tür des Audienzzimmers schon seit zwei Stunden auf Einlass gewartet, wird er endlich zum Grafen vorgelassen. Der Graf würdigt ihn zunächst keines Blickes, sondern studiert irgendwelche Papiere, während Josef die ausweglose Situation seiner Familie schildert. Schließlich fleht er den Grafen an, weniger Steuern zahlen zu müssen. Er habe sowieso nichts mehr, das er geben könne. Nach den Ausführungen mustert ihn der Graf lange von oben bis unten und fragt: „Sag mal, wie alt ist eigentlich deine Frau?" Josef ist verwirrt: „Äh, zwanzig, Euer Gnaden." „Ich brauche eine Zofe", fährt der Graf fort. „Wenn deine Frau hübsch ist und sich gut anstellt, kann sie bei mir dienen. Als Gegenleistung erlasse ich in dieser Zeit die Steuern. Natürlich nur, wenn ich mit deiner Frau zufrieden bin." Josefs Einwand, dass zu Hause der Haushalt und die

Kuh versorgt werden müssen, interessiert den Grafen nicht. Er lässt ihn mit einem Wink hinauswerfen.

Josef ist stinksauer und wütend. Wortlos verlässt er die Burg und stapft Richtung Heimat: Gar nichts hat er erreicht. Was denkt sich dieser Graf eigentlich? Dass er allmächtig ist? Mit Sicherheit wird er seine Frau nicht ins Bett des Grafen schicken. Lieber stirbt er!

Zu Hause angekommen erzählt er, immer noch wütend, von den Erlebnissen und dem widerlichen Angebot. Nachdem die Geschwister betreten den Raum verlassen haben, nimmt ihn seine Frau zärtlich in den Arm und sagt: „Nun wird die letzte Kuh auch abgeholt. Aber irgendwie werden wir es schaffen."

Am nächsten Morgen ist Josefs Frau verschwunden. Auf dem Küchentisch liegt ein aus dem Bettlaken ausgeschnittenes Herz. Auf dem Herz liegt eine Blume. Josef durchfährt es wie vom Blitz getroffen. „Das kann einfach nicht sein! Das darf nicht sein!" Er holt aus dem Küchenschrank ein Messer, mit dem er sonst Tiere schlachtet. „Dem werd ich´s zeigen!" Wie von Sinnen rennt er zur Burg. Völlig außer Atem vor den Burgtoren angekommen, fängt sein Verstand wieder an zu arbeiten: „Ich muss mir was ausdenken, damit ich zum Grafen vorgelassen werde." Am Wassergraben wäscht er sich das Gesicht und ordnet die Kleidung. Er muss unverdächtig, ruhig und gut gelaunt wirken. Der Wache am Tor erzählt er, dass er den Dienst beim Grafen antreten soll. Seine Frau sei ja bereits da. Der Wächter lässt ihn anstandslos passieren.

Unbehelligt gelangt er in das Herrenhaus, wo ihn ein Diener in Empfang nimmt. Auch der Diener glaubt die Geschichte. Er soll in der Küche warten, der Stallmeister braucht einen tüchtigen Handlanger. Als der Diener zum Stallmeister geht, schleicht Josef durch das Gebäude. Lediglich in einem Raum, den er durchstreift, trifft er auf einen Diener, der völlig gedankenversunken Staub wischt. Im daran anschließenden Zimmer sitzt der Grafen am Schreibtisch. Er sitzt mit dem Rücken zu Josef und beachtet das Türgeräusch nicht. Josef rennt auf ihn zu, zieht sein Messer und ruft: „Endlich habe ich dich gefunden, du Schwein!" und sticht zu ... Blut spritzt über den Schreibtisch. Der Graf fällt röchelnd zu Boden und krümmt sich. Die Gräfin, gefolgt von Josefs Frau, betritt den Raum und lässt einen gellenden Schrei los. Josefs Frau starrt ihn mit entsetzten, verzweifelten Augen an. Plötzlich durchfährt ihn ein schrecklicher Gedanke. „Habe ich mich geirrt? Wollte der Graf seine Frau wirklich nur als Zofe für die Gräfin?" In den Augen seiner Frau sieht er unendliche Trauer, Entsetzen und Liebe. Die Zeit steht still ...

Die nachfolgende Gefangennahme, der Kerker, die Folter, alles geht an ihm wie ein Traum vorüber. Er spürt nichts. Er sieht nur die ganze Zeit die verzweifelten, liebevollen Augen seiner Frau vor sich. Ein Anblick, der sich tief in die Seele brennt.

Erst als Josef neben seiner Frau am Galgen steht, nimmt er wieder die Umwelt wahr. Zum ersten Mal nach der Tat kommen Worte über seine Lippen: „Bitte verzeih mir! Es tut mir so leid."

Dann werden sie gehängt.

Morgenrot

Helfried erwacht aus der Bewusstlosigkeit. Er liegt in einem Fischerboot. Neben ihm sitzt Hekata, blutüberströmt, aber mit einem Lächeln auf den Lippen. „Was ist passiert? Wo bin ich?" fragt Helfried. „Sch… sch… sch…", wispert Hekata. „Alles ist gut. Wir haben überlebt …" Hekata weitet plötzlich die Augen, als ob sie von ihren eigenen Worten überrascht worden sei, umarmt Helfried und weint hemmungslos.

Helfried ist verwirrt. „Wer ist diese Frau? Was ist passiert? Wo bin ich? Wer bin ich?" Er kann sich an nichts mehr erinnern. Die Situation ist ihm so unangenehm, dass er beschließt, sich erst mal schlafend zu stellen. Vielleicht kommt ja die Erinnerung später wieder. Vielleicht muss er sich nur ausruhen.

Im Hafen angekommen, werden die Geretteten ins Hospital gebracht. Eine Verständigung mit den Rettern und Ärzten ist nur durch Zeichen und Gesten möglich. Hekata und Helfried haben nichts bei sich außer ihrem Leben. Keine Papiere und kein Gepäck. Im Hospital werden die schmerzhaften Prellungen und Platzwunden behandelt. Schon wenige Stunden später sind sie wieder einigermaßen hergestellt. Hekata erkundigt sich beim Krankenhauspersonal nach Silius. Doch keiner kann mit dem Namen etwas anfangen.

Während Hekata mit Erkundigungen und dem Versuch, einen Dolmetscher zu finden, beschäftigt ist, marschiert Helfried aus dem Krankenhaus und setzt sich in einen Bus, der an der Haltestelle steht. Er handelt wie in Trance, ohne Ziel und Absicht, und macht sich keinerlei Gedanken darüber, wohin der Bus fährt und dass er jetzt besser nicht wegfahren sollte oder zumindest Hekata Bescheid geben sollte. Er handelt wie aus einem Zwang heraus.

Der Bus fährt durch winzige Dörfer und an einsamen Höfen vorbei, tief ins Landesinnere. Als ein besonders streng riechender Fahrgast sich direkt neben Helfried setzt, beschließt er, beim nächsten Halt auszusteigen. Die Haltestelle befindet sich an einer einsamen Straßenkreuzung. Absichtslos geht er einen der Wege entlang, nur seinem Gefühl folgend. Auf der sowieso schon schlecht geteerten Straße verschwindet irgendwann der Straßenbelag völlig. Nach stundenlangem Marschieren kommt er zu einem allein stehenden Haus. Er ist so hungrig und durstig, dass ihn der laut bellende Hund nicht davon abschreckt, an der Haustür zu klopfen. „Hallo! Ist da jemand?", ruft er, so laut er kann.

Es dauert einige Zeit, bis das Türschloss bewegt wird. Die Tür öffnet sich und ein ungepflegter, nach Schweiß stinkender Mann mit Dreitagebart baut sich vor ihm auf. Der Mann ist etwas größer als Helfried, kräftig und hat einen stattlichen Bierbauch. Seine Stimme klingt unfreundlich. In aggressivem Ton sagt er etwas Unverständliches. Helfried grüßt freundlich, lächelt verlegen und erzählt, dass er sich verlaufen habe und nur etwas zu Trinken wolle. Der Fremde versteht kein Wort und wird immer ungeduldiger. Plötzlich packt er ihn am Hemd und zerrt ihn ins Haus. Helfried ist völlig verdattert. Soll er schreien, weglaufen, sich wehren oder ist alles nur ein Missverständnis? Er beschließt, dass es sich um ein Missverständnis handelt, und zeigt mit Gesten, dass er essen und trinken will. Der Fremde lacht und gibt ihm eine schallende Ohrfeige. Dann stößt er ihn zu Boden und schlägt mit einem Stock auf ihn ein, wie auf einen Hund. Helfried schreit, weint und windet sich vor Schmerz. Der Fremde drischt mit stakkatoartig bellenden Lauten immer weiter auf ihn ein. Dann packt er das heulende Elend, fesselt Hände und Füße und schleift ihn quer durchs Haus eine Treppe hinunter. Dort sperrt er ihn in einen fensterlosen Raum mit schwerer Holztür. Helfried bleibt gefesselt, unfähig sich zu bewegen, in gespenstisch stiller Dunkelheit zurück. Jeder Knochen, jede Stelle des Körpers schmerzt, das Blut pocht in den Ohren und der Schädel dröhnt. Was ist passiert? Er ist fassungslos. Gedanken rasen durch den dumpfen Schädel und lösen sich wie Wolken in der Sonne auf. Die Zeit scheint sich endlos zu dehnen, bis ihn endlich Schlaf erlöst.

Irgendwann geht das Licht an. Der Fremde löst seine Fesseln und stellt sich, mit dem Stock bewaffnet, vor ihn hin. Als Helfried etwas sagen will, rauscht sofort der Stock auf den Rücken. „Wenn ich doch nur wüsste, was passiert ist und wer ich bin", denkt Helfried, während ihn neuer Schmerz quält. „Kennt mich der Mann? Wofür bestraft er mich? War ich sein Sklave? Bin ich geflohen? Ich war plötzlich in einem Fischerboot mit dieser Frau. Dann hat mich der Bus hierher gebracht. Sollte mich die Frau einfangen? Er muss ein mächtiger Herr sein, dass er alles so gut organisiert hat."

Als der Mann ihm deutet, er soll nun aufstehen und nach oben gehen, gehorcht Helfried bereitwillig. Er macht sich mit dem Gedanken vertraut, dass er wohl schon immer ein Sklave war und bedingungslos gehorchen muss.

Schnell lernt er die Gestik und Mimik seines Herrn zu interpretieren. Er bemüht sich mit ganzer Kraft, alles richtig zu machen, doch sein Herr ist sehr streng und bestraft ihn oft und hart. Die ständige Angst vor Schlägen und die hohe Anspannung versetzen ihn in einen tranceartigen Zustand. Als ob das alles nicht Wirklichkeit sei. Er kann keinen klaren Gedanken fassen, ist nur damit beschäftigt, seine Angst niederzukämpfen. Angst, etwas falsch zu machen und nicht zu genügen. Er ist kein Mensch, er ist das, was sein Herr ihm zugesteht zu sein. Sogar der Hund ist seiner Meinung nach höher gestellt als er selbst.

Die Tage vergehen und Helfried fühlt sich immer kränker, schwächer und hilfloser. Alle Tätigkeiten erfordern enorme Kraftanstrengungen, und Weinkrämpfe überwältigen ihn auch ohne äußeren Anlass.

Irgendwann klingelt es an der Haustür. Helfried muss sofort ins Kellerzimmer. Er hört, dass mehrere Personen sich mit seinem Herrn unterhalten. Eine der Stimmen klingt wie die Frau vom Boot. Dies erschreckt ihn so sehr, dass er mit einer unachtsamen Bewegung seinen Fressnapf vom Tisch fegt. Das blecherne Teil knallt auf den Steinboden. In Erwartung seiner Strafe kauert sich Helfried ängstlich in eine Ecke. Die Stimmen werden lauter, die Tür wird aufgerissen und Hekata kommt mit drei Polizisten und einem Mann in Zivil hereingestürzt. Hekata erkennt ihn sofort und ruft: „Helfried! Helfried! Was ist mit dir?" Helfried zittert am ganzen Körper und weint in seiner Todesangst. Als Hekata und der Mann in Zivil ihm aufhelfen wollen, zuckt er zusammen, als ob er einen Stromschlag erhalten hätte. Währenddessen brüllen sich sein Herr und die Polizisten gegenseitig an. Es kommt zum Handgemenge und sein Herr wird in Handschellen abgeführt.

Erst nach einer Stunde hat sich Helfried so weit beruhigt, dass er in der Lage ist, das Haus zu verlassen, und mitgenommen werden kann. Im Krankenhaus werden ihm Beruhigungsmittel gegeben und seine Verletzungen behandelt. Dann nimmt ihn Hekata in ihre Obhut.

In den stundenlangen Gesprächen wird Hekata das volle Ausmaß der Zerstörung von Helfrieds Psyche bewusst. Nicht nur der Gedächtnisverlust, der einem Identitätsverlust gleich kommt, sondern auch die Akzeptanz der Sklavenidentität haben tiefe Wunden hinterlassen.

Was macht den Menschen zum Menschen? Woraus besteht die gefühlte Identität, das „Ich"? Was bleibt übrig, wenn meine Geschichte, das heißt meine Erinnerungen an die Kindheit, an meine Eltern, an mein Lebensumfeld, an meine Erfahrungen und Erkenntnisse, vergessen ist? Wenn ich niemanden mehr habe, dem ich vertrauen kann, der mich liebt und achtet, von dem ich Hilfe erhoffen kann? Wenn ich nicht mehr weiß, welche Werte und welchen Glauben ich habe, was für mich wichtig und richtig ist, was ich kann und geleistet habe? Gibt es noch ein Wesen auf der Welt, das sich so sehr über seine Gedanken, Erfahrungen, Projektionen, Sehnsüchte und die Bewertung seines Ichs definiert wie der Mensch? Und gerade diese Fähigkeit – von sich selbst eine Vorstellung, ein Bild, ein Ideal zu haben – ermöglicht es auch, über sich hinauszuwachsen ..., Imaginationen zu Wahrheiten werden zu lassen.

Hekata verbringt die nächsten Tage und Wochen damit, in langen Gesprächen die Vorstellungen Helfrieds von sich selbst in Einklang mit seinen tatsächlichen Gefühlen und Impulsen zu bringen. Eine schwierige Aufgabe, da sie über sein Leben praktisch nichts weiß. Erstaunlicherweise kommt bei dieser Arbeit ganz langsam Helfrieds Erinnerung an Ereignisse aus seiner Kinderzeit zurück.

Verwoben

Gottfried Hübner lebt mit seiner Frau Anna und vier Kindern in Neudorf in Schlesien. Er gehört zu den einfachen, fleißigen und gottesfürchtigen Menschen, die als Tagearbeiter und Leinenweber ihr Auskommen haben.

Das Weben der Leinenstoffe, das in Heimarbeit erledigt wird, beschäftigt die ganze Familie. Auch die Kinder müssen stundenlang helfen. Der Verleger – dieser stellt Gerätschaften für die Produktion zur Verfügung, liefert die Ausgangs- und Rohstoffe und kauft die fertiggestellten Produkte auf – zahlt immer schlechter. Grund ist, wie er immer wieder betont, die zunehmende Konkurrenz aus dem Ausland und der Einsatz von Maschinen. Gottfried hasst den Verleger wegen seiner Knausrigkeit. Aber er hat keine Wahl. Er muss mitspielen, weil es schlichtweg keine andere Einkommensquelle für ihn gibt.

Die ausweglose wirtschaftliche Abhängigkeit und das Gefühl, ungerecht behandelt zu werden, lösen bei Gottfried immer mehr Frustration, Angst und Hilflosigkeit aus. Oft ist er betrunken und wird gewalttätig gegenüber Anna und den Kindern. Er bereut es jedes Mal, wenn es wieder passiert ist, und entschuldigt sich bei Anna. Doch nach ein paar Tagen verliert

Gottfried wieder die Kontrolle und schlägt die Familie grün und blau.

Eines Tages stirbt eines der Kinder an den Schlägen. Gottfried wird von der Polizei verhaftet. Hauptwachtmeister Dirig nimmt die Aussagen auf. Das Gespräch mit Gottfried ist erschütternd. Statt Reue und Trauer über die Tat zu zeigen, entlädt er all seine Wut. Er beschuldigt den Verlag, die ausländische Konkurrenz, seine Eltern, seine Frau und seine Kinder, an dem Ausraster schuld zu sein. Die Umstände hätten ihn dazu gebracht, dass er die Kontrolle verlor. Er meint, jetzt wolle ihn auch noch die Staatsgewalt unterdrücken und bestrafen. Dabei treffe ihn keinerlei Schuld. Er sei ein Opfer der Umstände.

Hauptwachtmeister Dirig sperrt Gottfried bis zur Verhandlung im Gefängnis ein, um weitere Taten zu verhindern.

Zu seiner großen Verwunderung kommt am nächsten Tag Gottfrieds Ehefrau mit einem der Kinder und will den Gefangenen besuchen. Durch die Zellentür hört Hauptwachtmeister Dirig, wie Gottfried lautstark Anna beleidigt und beschimpft. Sie habe ihn in diese Lage gebracht und gnade ihr Gott, wenn er wieder raus sei!

Nach dem Besuch fleht Anna den Wachtmeister an, ihren geliebten Ehemann freizulassen. Dirig versteht die Welt nicht mehr und fragt, warum sie sich nicht wünsche, dass ihr Mann für immer im Gefängnis bleibe. Er hat ihr und den Kindern schlimmstes Leid zugefügt und droht mit weiteren Taten. Ohne ihn könne sie doch ein viel sichereres und schöneres Leben führen.

„Das ist schon richtig", sagt Anna. Aber er könne nichts dafür, dass er so ist. Sie liebe ihren Mann über alles und Gott habe sie nun mal vereint. Die Ehe und ihr hartes Leben seien Gottes Wille.

Hauptwachtmeister Dirig glaubt nicht, dass Gott uns leidend sehen will, behält aber diese Meinung für sich. Die Treue und Liebe der Frau rühren sein Herz und er bietet Unterstützung an. Unter dem Vorwand weiterer Ermittlungen besucht er Anna, um Essen zu bringen. Auch geht er ihr zur Hand, um diese oder jene schwere Arbeit zu erledigen, und übernimmt die Verhandlungen mit dem Verleger wegen neuer Webarbeiten.

Trotz Strapazen gelingt es Anna, ihr Leben und das Leben der Kinder in stabile Verhältnisse zu lenken. Die Einnahmen sind ausreichend und es bleibt sogar etwas Zeit für Haushalt und Kinder. Eigentlich könnte es so bleiben und sie wäre glücklich, wenn nicht

Gottfrieds Gerichtsprozess bevorstünde. Je näher der Prozess rückt, desto kleinlauter wird Gottfried. Er fleht seine Frau an, ihm zu helfen und für ihn auszusagen. Sie solle behaupten, dass sie ihn betrogen und dadurch zu Recht in Rage gebracht habe. Als er sie habe züchtigen wollen, habe er versehentlich das Kind getroffen. Sie habe das Kind als Schutzschild benutzt. Alles sei ein bedauerlicher Unfall gewesen. Vor Gericht erzählen beide die ausgedachte Geschichte. Hauptwachtmeister Dirig, der als Zeuge vernommen wird, ist entsetzt und verzweifelt über Annas Verhalten. Er bezichtigt den Angeklagten und die Ehefrau der Lüge.

Der Richter ist verwirrt. Im ersten Vernehmungsprotokoll ist nichts von der Geschichte zu finden. Andererseits, warum sollte die Ehefrau zu Gunsten ihres gewalttätigen Peinigers lügen? Woher will Hauptwachtmeister Dirig wissen, was wirklich passiert ist? Um mehr Klarheit zu erhalten, ruft der Richter den Nachbarn der Familie Hübner als Zeugen auf. Vielleicht hat er etwas Verwertbares wahrgenommen. Der Nachbar berichtet, dass er Hauptwachtmeister Dirig nach der Verhaftung Gottfrieds öfter bei Anna gesehen habe und sich gut vorstellen könne, dass sie auch schon vorher ein Techtelmechtel gehabt hätten. Dem Richter wird es heiß und kalt. Während Gottfried auf seinem Platz tobt und schreit, überlegt der Richter, welche Folgen es hätte, wenn nun auch noch die Polizei selbst in den Fall verwickelt wäre. Ein Skandal, den er nicht riskieren darf. Er beschließt, die Sache so schnell wie möglich zum Abschluss zu bringen, und spricht ohne weitere Ermittlungen den Angeklagten frei.

Was in den darauf folgenden Tagen in der Wohnung von Gottfried Hübner geschehen ist, kann nicht rekonstruiert werden. Die Polizei findet ein Schlachthaus vor. Hübner hat sich erhängt, Frau und Kinder wurden erschlagen aufgefunden.

Hauptwachtmeister Dirig schreibt ins Abschlussprotokoll: Unkontrolliert ausgelebte blinde Wut und mitleidslose Gewalttätigkeit haben sich durch eine Verkettung von Umständen und Fehlvorstellungen bei den Personen entladen, die sich in blinder Liebe und erlerntem Idealismus als Opfer präsentierten. Aus religiösen Motiven und dem unerschütterlichen Glauben an das Gute hat die Frau des Täters ihre vermeintliche Pflicht erfüllt und wollte ihrem geliebten Mann helfen. Doch der Versuch, jemand anderen zu erlösen, indem man sich selbst aufopfert und so die Schuld des anderen auf sich nimmt, ist meiner Meinung nach bereits bei Jesus gescheitert. Auch wenn wir aus reiner Liebe handeln, können wir Verantwortung weder abnehmen noch abgeben. Wir können uns nur selbst erlösen.

Das Dach der Welt

Trotz größter Bemühungen der von der Fluggesellschaft entsandten Helfer und der örtlichen Polizei wird über den Verbleib von Silius nichts herausgefunden. Er ist wie vom Erdboden verschluckt. Hekata ist äußerst beunruhigt. Helfried hat immer noch nicht seine Erinnerung an die jüngste Vergangenheit zurück, spürt aber, dass Silius irgendwie wichtig für Hekata ist, und fragt sie deshalb: „Wer genau ist Silius?"

Hekata ringt um Worte. „Wenn ich das nur wüsste. Ich habe ihn erst vor kurzem kennengelernt. Wir saßen beide in einer Bar am Tresen. Ich kam von meinem Anwalt und war total fertig und down. Ärger mit dem Ex wegen der Kinder. Ich wollte mir an dem Abend einfach nur die Kante geben und habe einen Liter Rotwein bestellt. Silius saß neben mir, tat so, als ob er mich nicht bemerken würde, und trank Wasser. Es war mir sehr recht, dass er mich in Ruhe ließ. Ich wollte keinen Kontakt zu irgendjemandem oder irgendetwas. Als ich die ersten zwei Gläser geleert hatte, sagte er zum Barkeeper: ‚Geben sie mir das Gleiche, was die Dame hat.' Ich schaute ihn an und meinte: ‚Das sollten Sie sich besser nicht geben.' Er erwiderte: ‚Ich meinte den Wein.' Ich musste innerlich lächeln, da er mir anscheinend wirklich zuhörte.

Nach langem Schweigen und noch ein paar Gläsern Wein habe ich ihn doch angesprochen. Ich weiß nicht mehr, was ich alles erzählte. Ich war schon ziemlich betrunken, aber irgendwie war er nett. Der Abend wurde immer lustiger und ausgelassener. Schließlich brachte er mich nach Hause. Am nächsten Morgen fand ich ihn auf der Couch im Wohnzimmer. Mein Gott, hatten wir einen Kater. Er war freundlich, zuvorkommend, hat mich umschmeichelt, ganz so, wie man sich einen Gentleman vorstellt. Ich fand keinen Grund, warum ich ihn hätte rauswerfen sollen. Er ist geblieben, wir gingen miteinander ins Bett, er kümmerte sich um den Haushalt. Komisch, im Nachhinein fällt mir auf, dass er kaum etwas von sich erzählt hat. Er brachte mich auf den Buddhismus und erzählte von dem Mönch Singha. Er versprach mir, dass dieser Mönch mein Leben umkrempeln und mich ins Glück führen könne. Stundenlang redeten wir über den Sinn des Lebens und über das Wesen des Bewusstseins. Seine Ideen und Überzeugungen waren so beeindruckend, dass ich mich zu dieser Reise entschloss. Ich hoffe inständig, dass es Silius irgendwie doch geschafft hat. Er war so stark und selbständig. Ich kann einfach nicht glauben, dass er tot sein soll. Es gibt ja auch keinerlei Hinweis darauf. Wir werden ihn bestimmt wiedersehen."

Hekata und Helfried beschließen, dem Befragungsmarathon der Fluggesellschaft mit den zwischenzeitlich aufgetauchten Ausweisdokumenten zu entkommen und die Reise heimlich fortzusetzen.

Der Übersetzer gibt ihnen einen Tipp, wo sie einen Lkw-Fahrer finden, der ihnen, gegen eine stattliche Entlohnung, helfen wird. In einer Nacht- und Nebelaktion fahren sie mit dem Lkw zum Kulma-Pass, dem einzigen Grenzübergang von Tadschikistan nach China. Das Problem ist, dass der Grenzübergang nicht für Touristen geöffnet ist. Der Lkw-Fahrer erklärt sich, nach weiteren Verhandlungen und Geldzahlungen, bereit, die beiden illegal über die Grenze zu schmuggeln. Am Ende des Laderaums seines Fahrzeugs befindet sich, welch glücklicher Zufall, eine doppelte Wand. Hekata und Helfried nehmen bequem Platz zwischen sonstiger Schmuggelware. Der Fahrer verhält sich routiniert und der illegale Grenzübertritt verläuft unspektakulär. Dann beginnt die lange Fahrt Richtung Kashgar. Die beiden wollen sich dort einer Reisegruppe anschließen, um unauffällig nach Lhasa zu gelangen.

In einem kleinen Dorf mitten in den Bergen wird die Fahrt unterbrochen. Der Fahrer will Verwandte besuchen, bei denen er seine Schmuggelware abliefert. Außerdem brauchen sie falsche Stempel und Unterschriften in den Reisepässen und Visa. In China muss jederzeit mit Polizeikontrollen gerechnet werden. Nachdem alles besorgt ist, geht es nun im Fahrerhaus des Lkws weiter.

Die Landschaft ist atemberaubend. Berge und Hochtäler, soweit das Auge reicht. Prächtige Farben und hinreißend schöne Sonnenauf- und -untergänge. Allmählich taut auch der Fahrer, der ein paar Brocken Englisch spricht, auf. Er berichtet stolz lächelnd von seiner Familie in Tadschikistan und von seiner Freundin in China. Hekata wird immer schweigsamer. Helfried vermutet, dass Hekata diesbezüglich wohl schlechte Erfahrungen mit ihrem Ex gemacht hat, fragt aber besser nicht nach.

Es wird langsam dunkel und der Fahrer hält nach einer Ausweichstelle Ausschau, in der sie über Nacht parken können. Als sie endlich einen Standplatz finden, ist es bereits dunkel und bitter kalt. Im Fahrerhaus befindet sich hinter den Sitzen eine Schlafkoje. Über dieser klappt der Fahrer eine zweite Koje auf und gibt zu verstehen, dass er oben schläft. Helfried und Hekata müssen sich unten zusammendrängen. Wenigstens kann unten keiner rausfallen. Nach der Abendtoilette unter sternklarem, geradezu atemberaubendem Nachthimmel zieht sich der Fahrer zurück. Helfried und Hekata bleiben noch draußen und gehen ein paar Schritte unter dem funkelnden Sternenband der Milchstraße.

„Du, Hekata", sagt Helfried. „Warum machst du das eigentlich?" „Was?" „Na den ganzen Wahnsinn hier! Warum riskierst du dein Leben, um von irgendeinem alten Mann ein paar kluge Sätze zu hören?"

„Ach Helfried, kluge Sätze kann man auch in Büchern oder im Internet lesen und Erfahrungen kann man in Seminaren, Workshops oder Therapiestunden sammeln. Das habe ich alles schon probiert. Aber es hat sich nichts wirklich geändert. Okay, ich nehme viele Dinge an mir bewusster wahr und handle bewusster. Trotzdem muss ich mich immer wieder ermahnen, immer wieder rudern, sonst treibe ich zurück in alte Muster. Die Muster waren anfangs gar nicht so schlecht. Ich habe einen beruflich erfolgreichen Mann geheiratet, zwei Kinder zur Welt gebracht und ein Leben in Wohlstand und gesellschaftlicher Anerkennung geführt. Ein Außenstehender würde sagen: ‚Ein tolles, erfolgreiches Leben.' Trotzdem wurde ich immer depressiver und verlor auch noch den letzten Rest an Lebensfreude. Alles erschien mir leer und sinnlos. Dann suchte ich mein verlorenes Lebensgefühl in sexuellen Affären, in heimlichen, verbotenen Liebesbeziehungen wiederzufinden. Ich suchte den Kick, die Nähe und Lebensfreude anderer Menschen, in der Hoffnung, etwas davon in mich aufnehmen zu können. Wenn man sich auf einen anderen Menschen einlässt und sich fallen lässt, hat man wirklich das Gefühl, erfüllt zu sein – zumindest zeitweise. Verschwindet dieser Mensch oder verliert man ihn wieder, erkennt man die Illusion. Der Brunnen, in den man dann fällt, ist noch tiefer als zuvor. – Mein Mann hat meine immer heftigeren Stimmungsschwankungen, Wutausbrüche, Weinanfälle und meine dauernden Affären nicht mehr ertragen. Ich ging deshalb einige Jahre in Therapie. Dort wurde mir erzählt, wie wertvoll ich sei, welche großartigen Potenziale und Talente ich hätte und dass ich nur mein wahres ‚Ich' leben müsse, damit alles gut wird. Genau das habe ich doch die ganze Zeit getan! Hätte ich auch anders leben können? Nun tat ich es mit dem Segen der Therapeuten. – Offensichtlich entsprach mein wahres Ich nicht den Vorstellungen meines Mannes. Auch mir selbst bescherte es keine allzu große Zufriedenheit. Wir haben uns also scheiden lassen. Die Kinder wurden meinem Mann zugesprochen, weil ich eine zu instabile Persönlichkeit sei. Das war für mich so, als ob aus dem Brunnen, in den ich nun fiel, die Leiter entfernt und der Schacht mit einem Deckel verschlossen worden sei. Ich sah weder einen Ausweg noch einen Hoffnungsschimmer. Helfried, damals wollte ich mich wirklich umbringen!" Hekata umarmt Helfried und weint.

Einige Minuten später fährt sie fort: „Eine Freundin muss wohl den Ernst der Lage erkannt haben. Jedenfalls ist sie mit einer Heilerin bei mir aufgekreuzt. Die Heilerin erklärte mir, dass der Brunnen, in dem ich sitze, die Leere in meinem Inneren ist. Um ihn verlassen zu können, muss ich ihn füllen, bis der Rand erreicht ist. Aber wo bekommt man Füllmaterial her, wenn man bereits im Brunnen eingesperrt ist? Es soll Menschen geben, die so lange leiden, bis sie mit ihren Tränen den Brunnen gefüllt haben. Andere rufen um Hilfe in der Hoffnung, dass irgendwann jemand vorbeikommt und Wasser, Steine, Dreck oder was auch immer zu ihnen runterschüttet. Hauptsache, es berührt. Wieder andere graben so tief, bis sie auf Grundwasser stoßen, das eindringt und trägt. Jeder muss eine eigene Lösung finden. ‚Wie und womit willst du den Brunnen füllen?', hat mich die Heilerin gefragt. – Helfried, ich weiß nicht, warum, aber diese Frage hat etwas in mir ausgelöst. Sie hat mich aus dem Nebel geführt. Ich will meine Antwort finden. Ich will Klarheit. Das ist der wahre Grund für die Reise."

Hekata und Helfried schauen sich in die Augen. Sie stehen in der kargen steinigen Hochebene, die am Horizont von einem gewaltigen Bergpanorama umgrenzt wird. Über ihnen flackern Millionen Lichtpunkte und werfen fahles weiches Silber über die Konturen und zerfließenden Schatten. Der Wind streichelt eiskalt die Haut. Für einen Moment blicken sie in den Abgrund ihrer Einsamkeit und Sehnsucht. Dann umarmen und küssen sie einander. In dieser Nacht lassen sie sich fallen.

Am nächsten Morgen wird das eng umschlungene Paar von dem äußerst missmutigen Fahrer unsanft geweckt. Er hat einen scheußlichen Tee gekocht und drängt zur Eile. Wortkarg geht die Fahrt weiter, während Helfried und Hekata sich vielsagende Blicke zuwerfen und glücklich lächelnd Händchen halten.

Nach Stunden kommen sie endlich in Kashgar an. Die Außenbezirke schockieren mit hässlichen Wohnsilos in Plattenbauweise. Nur die Reste der Altstadt mit den unzähligen verwinkelten Gassen lassen das ursprüngliche Flair des historischen Ortes mit seiner bewegten, uralten Geschichte erahnen. Der Fahrer lädt die beiden in der Nähe eines Touristenhotels ab und hat es nach kurzer Verabschiedung sehr eilig weiterzufahren. Er will auf keinen Fall von einem Spitzel gesehen werden.

Helfried und Hekata checken in dem Touristenhotel ein. An der Rezeption erzählen sie dem englischsprachigen Concierge, dass sie von ihrer Reisegruppe einfach vergessen worden seien. Nun müssten sie hier übernachten und am nächsten Tag Anschluss an die Gruppe suchen.

Was für ein Fest! Ein beheiztes sauberes Zimmer mit Dusche und fließend warmem Wasser. Die Kleidung wird vom Hotel gewaschen. An diesem Tag verlassen die beiden das Hotelzimmer nur zum Abendessen.

Am nächsten Tag geht es nach dem Geldabheben und Shoppen zur Id-Kah-Moschee. Ein Muss für jede Reisegruppe. Hekata spricht dort Reiseleiter an und bittet um eine Mitfahrgelegenheit Richtung Lhasa. Es dauert nicht lange, bis eine Gruppe gefunden ist, die sie zu einem Sonderpreis mitnehmen will. Zwei der vorgesehenen Teilnehmer sind erkrankt und können die Reise nicht fortsetzen.

Auf diese Weise kommen Hekata und Helfried völlig unverhofft zu einer wunderbaren Urlaubsreise auf der berühmten und abenteuerlichen Xinjiang-Tibet-Autostraße, der höchsten Straße der Welt, die in und entlang der Kunlun-, Karakorum- und Himalayaketten verläuft. Eine Teilstrecke von 915 Kilometern der insgesamt 2940 Kilometer langen Route verläuft in über 4000 Meter Höhe. 130 Kilometer Teilstrecke liegen auf über 5000 Meter Höhe. Die nächsten 14 Tage sind für Hekata und Helfried Erholung pur. Die Reiseleitung hat alles bestens organisiert, Hotels, Essen, Busfahrten, Sehenswürdigkeiten, Spaziergänge. Sie besichtigen Mausoleen, Klöster, Ausgrabungen, schlendern über Basare und bestaunen herrliche

Fluss-, Seen- und Berglandschaften. Die Schöpfungskräfte, die in dieser Gegend wirken, lassen den staunenden Betrachter die Wahrheit erahnen, was die Natur leisten kann und was dagegen Menschen leisten können. Der Vergleich macht Gänsehaut und zwingt zur Demut.

Vielleicht ist es Demut, die uns zugleich auch Großartigkeit erkennen lässt.

Die Nomaden

Die Eltern von Jurgie sind wieder unterwegs. Sie sind Nomaden, die in einem Planwagen, der von zwei Ochsen gezogen wird, durch das weite Land ziehen. Jurgie ist das jüngste von vier Kindern. Er ist vor kurzem fünf Jahre alt geworden. Ein sehr liebenswertes, fröhliches, aber auch nachdenkliches Kind, das vor allem wegen seiner offenen und vertrauensvollen Art von den Menschen sofort ins Herz geschlossen wird. Ein wahrer Sonnenschein.

Es ist heiß. Die Luft steht über der Steppe und die Berge am weit entfernten Horizont flimmern. Vater treibt die Ochsen an. Die Familie hat ihre Sippe verlassen und fährt ohne Schutz durch das endlose Grasland. Jurgie liegt mit hohem Fieber im Wagen. Mutter versucht mit Wadenwickeln das Fieber zu senken. Sie weint, denn sie liebt ihren Jurgie abgöttisch. Die ganze Zeit redet sie auf ihn ein oder singt ihm Lieder vor.

Das Ziel der Familie ist das Lager einer anderen Sippe. Dort soll sich eine Heilerin befinden. Eine weise Frau, die schon viele Wunder vollbracht hat. Man erzählt sich, dass die weise Alte nicht nur heilen, sondern auch die Zukunft voraussagen kann, dass sie den Lauf des Schicksals kennt, dass sie in jeder Not helfen kann.

Je näher die Familie dem Lager kommt, desto zuversichtlicher wird die Stimmung. Auch Jurgie scheint es besser zu gehen. Das Fieber sinkt langsam und seine Lebensgeister kehren zurück. Am Horizont tauchen die Jurten des fremden Lagers auf. Mutter drückt Jurgie beherzt und freudig an ihre Brust. Jetzt wird alles gut. Jetzt können sie hoffen.

Voller Zuversicht, mit einem fast schon fröhlichen Gesicht, bringt Vater den Jungen zur Jurte der Heilerin. Jurgie muss alleine hineingehen. Vater hat ihm sein gesamtes Erspartes in einem Lederbeutel mitgegeben.

Vorsichtig und etwas ängstlich zieht Jurgie das Tuch am Eingang zur Seite. Im Inneren ist es dunkel und nur langsam gewöhnen sich die Augen an das schwache Licht. Rauch von verschiedenen Kräutern und Harzen, unbekannte Gerüche, die wohltuend, aber auch irgendwie unangenehm sind, kitzeln in der Nase. In der Mitte der Jurte hängt ein großer Topf über der Feuerstelle. Hinter dem Topf sitzt eine alte Frau in bunten Gewändern. Neben ihr ein kleines Tischchen. Sie wendet sich mit breitem Lächeln und klarer, freundlicher Stimme an Jurgie: „Was für en scheene Jungchen. Cam her Jungchen. So was Nettes habe i ja schon lang nich mehr jesehe."

Jurgie wird es ganz warm ums Herz. So freundlich wird er allenfalls von seiner Mutter empfangen. Eine Fremde hat das noch nie zu ihm gesagt. Er fühlt sich augenblicklich aufgehoben und angenommen. Selig lächelnd nimmt er gegenüber der Alten vor dem kleinen Tischchen Platz. Die Alte lächelt ebenso selig zurück und kann sich gar nicht mehr beruhigen: „So en lieb Jungchen. Was can i für dich tun?" „Mein Vater hat mir Geld mitgegeben, damit du mich wieder gesund machst. Ich habe ständig Fieber, heftige Fieberschübe, und keiner weiß, warum", sagt Jurgie. „Mal sehe, was wir mache könne", erwidert die Alte.

Sie nimmt einen Stapel Karten und legt einzelne Karten auf den Tisch. Dann nimmt sie hektisch die Karten wieder auf und legt neue Karten auf den Tisch. Sie schaut Jurgie mit großen Augen an, steht auf und läuft einmal um das Feuer herum. Sie zieht aus einer Ecke einen kleinen Lederbeutel und leert den Inhalt auf den Tisch. Aus dem Beutel fallen kleine Steine, würfelförmige Holzstückchen und bemalte Knochenstückchen. Die Miene der Alten verfinstert sich immer mehr und sie schaut mit Tränen Jurgie in die Augen: „Des tut mir so leid, des tut mir so leid, Jungchen. I würd dir so gerne was Bessers sage. Aber du wirst bald sterbe. Du bist vollkom unschuldig, a wahrer Engel. Aber du musst sterbe."

Jurgie ist entsetzt: „Aber wieso? Was habe ich für eine Krankheit? Was habe ich falsch gemacht?"

„Armes Jungchen, ich würd dir so gern helfe. I can nix tun. Es ist bestimmt. Armes Jungchen, du cohst nix dafir. Des kommt aus nem frühere Lebe. I weiß au nich warum, aber du darfscht nicht alt werde ... Nun geh un nimm dei Geld wieder mit. Ich will nix habbe."

Jurgie ist geschockt. Verdattert packt er den Lederbeutel mit dem Geld seines Vaters und verlässt wortlos die Jurte. Er beginnt furchtbar zu weinen. Die Welt um ihn herum kommt ihm unwirklich, fremd und einsam vor. Das ergibt doch überhaupt keinen Sinn! Wieso darf er nicht alt werden? Warum darf er nicht genauso leben wie all die anderen? Warum wurde er überhaupt geboren, wenn er nicht leben darf?

Keiner kann ihm eine Antwort auf seine Fragen geben. Tiefe Trauer, Wut und Verzweiflung überfallen ihn. Kurze Zeit später bekommt er einen erneuten Fieberschub und stirbt unter den verzweifelten Augen seiner Mutter.

Der Meister

In Lhasa verlassen Helfried und Hekata die Reisegruppe und suchen einen Taxifahrer, mit dem sie sich in Englisch verständigen können. Als sie dem Fahrer ihr Ziel, Jiedexiuzhen im Kreis Gonggar, verständlich machen, geht in seinem Gesicht die Sonne auf. Für eine Pauschale von umgerechnet fünfzig Euro bringt er die beiden fröhlich singend in zweistündiger Fahrt in den Ort Jiedexiuzhen. Dort besorgt der Taxifahrer, als zusätzliche Serviceleistung, einen Flößer, der die beiden über den Brahmaputra übersetzt. Schon von weitem ist das Dorje-Drag-Kloster mit seiner goldenen Kuppel zu sehen. Sie gehen zum Kloster und fragen an der Pforte nach Singha.

Der alte Mönch tut so, als ob er diesen Namen noch nie gehört hätte, lädt die beiden aber sehr freundlich ein, gegen eine Spende den Gebetsraum zu besichtigen. In dem Gebäudekomplex sieht es nicht so prächtig aus, wie die goldene Kuppel vortäuscht. Das Kloster ist nur noch eine Ruine mit eingefallenen Mauern, kaputten Dächern und ärmlichster Ausstattung. Der Mönch erklärt, dass das Kloster im Jahr 1959 von der chinesischen Regierung komplett zerstört wurde. Dies war in seiner Geschichte schon das zweite Mal. Nun wird es nicht mehr aufgebaut. Das Kloster wurde im Jahr 1985 nach Indien, in den Ort Shimla, verlegt. In diesem Exil befinden sich jetzt auch die Mönche. Dort ist jetzt der Hauptsitz mit dem gleichen Namen Dorje Drag. Hier in China sind nur noch Reste und ein paar alte Mönche, die nicht gehen wollen. Im Gebetsraum angekommen, erklärt Helfried, dass sie die lange Reise von Europa nur gemacht haben, um den Mönch Singha zu treffen. Sie wüssten, dass er hier irgendwo sein müsse, und verließen das Kloster so lange nicht mehr, bis sie ihn sprechen könnten. Der Mönch wird sehr unruhig und beteuert, dass ein Treffen mit Singha nicht möglich sei. Helfried und Hekata bleiben hart. Sie bleiben im Gebetsraum und meditieren. Es vergehen viele Stunden. Draußen wird es dämmrig und der Abend bricht an. Irgendwann bringt ihnen der Mönch Wasser und etwas Brot.

Am nächsten Morgen erwachen die beiden auf einer Strohmatte und sind wie gerädert. Neben ihnen steht frisches Wasser und eine Schüssel mit Brei. Es ist noch sehr früh. Draußen wird es langsam hell und der Nebel steigt höher. Ein paar alte Mönche kommen in den Gebetsraum, entzünden Räucherwerk, schlagen eine Klangschale, setzen sich auf Matten und beginnen gemeinsam zu tönen. Eine gespenstische, aber auch sehr friedliche, feierliche Atmosphäre. So geht das eine Stunde. Dann herrscht Stille. Nach einer weiteren Stunde erhebt sich einer der Mönche und deutet Helfried, dass sie ihm folgen sollen.

Sie verlassen das Klostergelände und gehen auf kaum sichtbaren Pfaden durch kleine niedrige Wälder, über Wiesen und steiniges Gelände. Immer höher geht es auf einen Berg zu. Nach zwei Stunden Fußweg sehen sie, versteckt zwischen großen Felsblöcken, direkt unter einer mächtigen Felswand eine kleine Hütte. Der alte Mönch deutet wortlos auf die Hütte, dreht sich um und geht.

Als sie die Hütte betreten, sehen sie einen kleinen alten Mann im Lotussitz auf einer Strohmatte. Der karg eingerichtete Raum scheint trotz des winzigen Fensters irgendwie hell und freundlich zu sein. Es gibt eine kleine Feuerstelle, auf der ein dampfender Kessel steht, ein paar Gerätschaften, eine weitere Strohmatte und eine Schlafstelle. Der Mann schaut sie mit dunklen, leuchtenden Augen an und sagt lächelnd: „Endlich haben wir uns gefunden." Helfried hat für einen winzigen Moment das gleiche seltsame Gefühl, das ihn im Schlachthof so aus der Fassung brachte. Der alte Mann erhebt sich und deutet den Besuchern, sich zu setzen, während er heißen Tee eingießt. Es herrscht eine unglaublich entspannte, geborgene Atmosphäre. Als ob die Zeit stillstünde und ein unsichtbarer Energiewall den Raum einhüllen würde. Das Gefühl, dass hier drinnen nichts gefährlich werden kann, das Gefühl absoluter Sicherheit und Geborgenheit überschwemmt den Körper. Ein

Feld jenseits von Dimensionen und Zeit, ein Feld des Angenommenseins und der Liebe.

Singha beginnt leise zu summen, erhebt die Stimme und singt mantrische Lieder. Nach einem langen Zeitraum, Hekata schätzt zwei bis drei Stunden, beginnt der Meister zu erzählen:

„Die Sichtweise von Dzogchen ist nicht, nach außen zu schauen und zu urteilen, sondern man sollte sich nur im Zustand des Wissens befinden. – Wir verwenden deshalb Brille und Spiegel als Beispiele. Durch eine Brille kann man nach außen, auf äußere Objekte schauen. Das ist der dualistische Blickwinkel, den wir gewöhnlich haben: Schauen auf äußere Objekte. – Für das Prinzip des Dzogchen steht der Spiegel: Wir schauen in ihn hinein, um uns selbst zu entdecken. Alles, was wir im Außen sehen, sind wir selbst. – Wesentliches Element der Lehre ist die Übertragung durch einen Meister. Die Übertragung öffnet im einzelnen Menschen den Zustand des Wissens, was nicht heißt, dass sich etwas Großartiges ereignet und alles wunderbar wird. Es ist eher ein Zustand des Wissens, der wahr gemacht oder realisiert wird. Dies lässt sich mit vielen verschiedenen Methoden erreichen. Der Meister erklärt und überträgt das Wissen und die Methoden. Er arbeitet mit den Menschen zusammen, um ihnen zu helfen.

Unser ganzes Handeln basiert auf Hoffnung und Furcht: zum Beispiel die Hoffnung, berühmt zu werden, und die Furcht vor Bedeutungslosigkeit. Diese Hoffnung und Furcht lässt uns leiden. Wir haben die Angst, wenn sich nur „Etwas" ändert, werden wir alles verlieren. Sogar Liebe wird durch Anhaftung – das heißt, ich klammere mich an etwas – verdorben. Wir glauben, dass wir alles festhalten müssen, was wir haben, um unser Glück sicherzustellen. Müssen oder sollen wir etwas loslassen, können wir uns nicht mehr damit identifizieren. Wir verlieren etwas von unserem vermeintlichen ‚Ich'. Wir verlieren, was vermeintlich uns oder zu uns gehört. – Doch alles muss sich ändern. Eine Uhr, die nicht mehr tickt, ist kaputt. Doch wir wollen einfach nicht akzeptieren, dass alles unbeständig ist. Wir haben die Hoffnung, dass es so bleibt, wie es bisher war. Es hilft nichts. Wir müssen uns entscheiden: Festhalten und sterben oder leben und loslassen. Vergänglichkeit muss zum Trost werden und wird uns Frieden bringen.

Was kann ich nun lehren? Im Dzogchen gibt es keine Verpflichtungen, Regeln und Gebote. Regeln schränken Menschen ein und konditionieren sie. Das Fehlen der Regeln und Verbote macht es aber für uns besonders schwierig, weil wir dann für alles, was wir tun oder sagen, die volle Verantwortung selbst übernehmen müssen. Wir können uns nicht herausreden: ‚Ich habe die Regeln beachtet und kein Verbot übertreten, deshalb habe ich alles richtig gemacht und bin unschuldig.' Du weißt nicht, was auf dich zukommt, wie du dich verhalten sollst und was passieren wird. Du kannst nur im konkreten Augenblick nach bestem Wissen und Gewissen handeln, ohne Netz. Für deine Haltung und dein Handeln trägst du ganz alleine die Verantwortung. Es ist dein Universum. Dein Handeln wird durch deine Erkenntnis bestimmt, die gleichzeitig die Verantwortung auf dich überträgt.

Im Dzogchen gibt es vier Aspekte der Erkenntnis:

Der erste lautet: ‚Da ist nichts.' Wo nichts ist, ist kein Konzept. Dualistisches Denken braucht Konzepte und sei es das Konzept, dass überall etwas ist und nur eben an dieser Stelle nichts ist. Hier ist es aber so gemeint: ‚Es gibt keine Stelle, wo etwas ist. Es ist nur Stille.'

Der zweite lautet: ‚Alles ist gegenwärtig.' Es gibt keine Vergangenheit oder Zukunft, nur das Hier und Jetzt, die Gegenwart. Wir sind in dieser Gegenwart präsent und nehmen uns wahr. Wäre da nichts, würden wir uns nicht wahrnehmen. Also muss alles da sein, aber es hat sich noch nicht alles in unserem dreidimensionalen Universum materialisiert. Unser ‚Selbst' kommt aus diesem ‚Alles' und wird in unserem Universum in die Präsenz, das heißt in die Klarheit gehoben. Unsere Natur ist Klarheit. Dies ist auch kein Widerspruch zum ersten Aspekt, da die Stille alles umfasst.

Der dritte Aspekt: ‚Einzig.' Mein Selbst ist eine Singularität. Das heißt, alles ist in mir selbst. Das Universum um mich herum ist ein Spiegel, der mich reflektiert. Mein Zustand bestimmt den Zustand meines Universums. Dies gilt zugleich für jede Singularität, das gilt für jeden Menschen.

Der vierte Aspekt lautet: ‚Von Natur aus vollkommen.' Jeder Mensch ist von sich aus vollkommen. Der Inhalt meiner Lehre ist, die gefühlte und erlebte Erkenntnis zu vermitteln und erfahrbar zu machen, dass jeder von Anbeginn an vollkommen ist. Diese Erkenntnis zu leben und diesen Zustand fortzusetzen, ist der Sinn unserer Existenz."

Hekata denkt lange über diese Worte nach und fragt: „Meister, du sagst, dass wir alle Vollkommenheit, ja sogar Erleuchtung bereits in uns haben. Wir können sie nur nicht wahrnehmen, weil sie vom Ego verdeckt wird, weil sie von Konzepten, Glaubenssätzen, Wünschen, Hoffnungen und Ängsten verhüllt wird. Wie kann so etwas passieren? Sind wir wie Vögel, die wunderbar fliegen können, aber glauben, sie bräuchten Flugzeuge, um sich in die Luft zu erheben? Vergeuden wir unser Leben mit der Konstruktion von

Flugzeugen, mit der Erforschung von Aerodynamik, Physik und sonstigen Gesetzmäßigkeiten, um flugtaugliche Vehikel zu bauen? Trotzdem stürzen wir immer wieder ab oder legen Bruchlandungen hin. Warum können wir nicht einfach unsere Schwingen ausbreiten und losfliegen? Wir nehmen uns doch am Anfang unserer Entwicklung noch nicht als eigenes Individuum, sondern als Teil der Mutter wahr. Wird in diesem Stadium unser vollkommenes Glück mit dem Unglück, den Wünschen und Hoffnungen der Mutter verunreinigt? Warum bleiben wir nicht in dem ursprünglich perfekten Ausgangszustand?"

Meister Singha blickt Hekata tief in die Augen und antwortet: „Als Neugeborene beginnen wir in einem Glückszustand ohne Individuation. Du bist noch mit allem verbunden und daher mit allem glücklich. Durch die Individuation, das heißt durch die Trennung des Bewusstseins von allem und die Fokussierung auf den eigenen Körper, auf die eigenen Erlebnisse, auf die eigenen Gedanken und Gefühle trennen wir uns auch vom allumfassenden Glück. Wir können nur noch eigenes Glück und – auf empathischem Wege – das Glück unserer Bezugspersonen empfinden. Doch da das allumfassende Glück nicht aus dem eigenen Körper, sondern aus dem großen Ganzen kommt, können wir im eigenen Körper nur einen Glückszustand finden, den wir selbst erzeugt haben und der durch andere auf uns zurückgespiegelt wird. Wie erzeugen wir selber unser Glücksgefühl? Durch Illusionen und Gedankenkonstrukte. Wir erzeugen Illusionen darüber, wer wir sind, was wir sind, was wir geschaffen haben, wie uns andere sehen, welche Macht wir haben, und so fort ... Da es sich nur um unsere eigenen Gedanken, Ideen, Glaubenssätze oder Projektionen, die in meinen Mitmenschen gespiegelt werden, handelt, wirkt die Realität, wenn sie nicht damit übereinstimmt, sehr zerstörerisch. Dann erkennen wir die Illusion als reines Gedankenkonstrukt ohne Substanz. Das Glück verschwindet. Das Verschwinden empfinden wir als Unglück und Schmerz. Es wird uns etwas genommen. Wir müssen uns von unserer Illusion trennen. Die Erinnerungen an unsere Individuation, an unsere Trennung vom All-Einen und das damit verbundene Gefühl der Leere und des Mangels werden wach. Wollen wir dauerhaftes Glück, darf es nicht aus den Illusionen kommen. Es muss aus dem allumfassenden großen Ganzen kommen."

Hekata erwidert: „Ist es denn möglich, gleichzeitig ein Individuum zu sein und bewusste Verbindung zum All-Einen zu haben?"

„Ja", antwortet der Meister. „Wir können trotz Trennung beides möglich machen, indem wir, trotz individuellem Bewusstsein, die immer vorhandene Verbundenheit mit allem in unsere Wahrnehmung bringen. Der bewussten Wahrnehmung von uns selbst wird die bewusste Wahrnehmung des All-Einen hinzugefügt. Das Spüren beziehungsweise das Wahrnehmen des All-Einen verwandelt sich in ein Gefühl. In das Gefühl von Glück."

Hekata: „Wie kann ich das All-Eine wahrnehmen?"

Der Meister lächelt: „Es gibt etwas in uns, das konstant ist, das sich nicht verändert. Das ist die Klarheit, das klare Gewahrsein, die erkennende Qualität des Geistes oder sorglose Würde und Freiheit. Das, was eigentlich wahrnimmt. Dieses klare Gewahrsein greift ständig auf Gedanken und Emotionen zu. Zugriff auf Gedanken nehmen heißt, dass – wie bei leichten Träumen – Bilder und Handlungsabläufe erzeugt werden, die nicht wirklich berühren. Ich weiß, dass es nur Gedanken beziehungsweise Träume sind. Zugriff auf Emotionen nehmen heißt, ich gehe in Kontakt mit mir selbst. Aber die Gedanken und Emotionen bin ich nicht selbst. Es sind nur Reflexionen und Schatten meiner selbst. Ich muss die Gedanken und Emotionen, auf die zugegriffen wird, bewusst als diese Reflexionen wahrnehmen, um sie vom klaren Gewahrsein unterscheiden zu können. Kann ich unterscheiden, dann kann ich das klare Gewahrsein selbst wahrnehmen und damit auch das All-Eine wahrnehmen. – Wie kann ich meine Gedanken und Gefühle bewusst wahrnehmen? Indem ich authentisch bin. Indem ich nach außen kommuniziere, wie ich wirklich bin. Ich mache mich transparent. Kommunikation sind nicht Worte, sondern eine Art zu sein. Drücke ich mich nach außen so aus, wie ich wirklich bin, kann ich mich selbst wahrnehmen und in der Folge auch das All-Eine wahrnehmen. Die Kontinuität von Offenheit, erkennendem Wissen und der grundlegenden Gutheit ist, was wir sind. Das ist die Glückseligkeit. Das ist die Natur des Geistes."

Es ist schon später Nachmittag und Singha reicht jedem eine Schüssel Reisbrei. Obwohl der Brei kaum gewürzt ist, schmeckt er intensiv und wohltuend. Erst jetzt merken Helfried und Hekata, wie ausgehungert sie waren. Nach dem Mahl machen die drei einen Spaziergang unter der Felswand. Der alte Mönch legt ein erstaunliches Tempo vor. Er bewegt sich mühelos und sicher. Die Yogaübungen halten anscheinend den Körper bis ins hohe Alter fit und gelenkig. Während sie einen schmalen, steilen Pfad am Berghang entlang gehen, erzählt Helfried von seinem Erlebnis im Schlachthof. Singha hört sich schweigend die ganze Geschichte an. Als sie schließlich auf einem Felsplateau zum Stehen kommen und den atemberaubenden Rundumblick genießen, stellt sich Singha vor

Helfried und fragt: „Was hat das Schwein bei dir gesucht?" „Keine Ahnung!" antwortet Helfried. „Wie hast du dich gefühlt, als es dich gefunden hat?", erwidert Singha. „Irgendwie erlöst", antwortet Helfried. „Da das Schwein ein Spiegel deines Selbst ist, hast du über diesen Spiegel etwas in dir erlöst. Eine Verstrickung, ein Muster, irgendeine Sache, die dich schon über viele Leben verfolgt, die dein Leben immer wieder beeinflusst, ohne dass du es je bemerkt hättest. Als ob jemand ein Zeichen auf deinen Rücken gemalt hätte. Du kannst dich noch so oft umdrehen, du siehst das Zeichen nicht. Du wunderst dich nur, dass alle so komisch auf deinen Rücken starren oder so seltsam auf dich reagieren. Du kannst das Zeichen nur durch einen Spiegel in die Sichtbarkeit bringen. Jetzt erinnere dich noch mal mit diesem Wissen an die Schlachtszene in allen Details."

Kaum hat Singha den Satz beendet, werden sie durch Rufe jäh unterbrochen. In der Ferne taucht eine Gruppe Polizisten auf. Die Polizisten wedeln mit den Armen, rufen aufgeregt etwas auf Chinesisch und nähern sich mit raschen Schritten. In Singhas Gesicht steigt Besorgnis auf. Plötzlich lässt Hekata Schreie los. „Silius! Silius!", ruft sie und hüpft aufgeregt. Dann läuft sie lachend der Gruppe entgegen. Helfried fällt auf, dass Silius auf Hekatas Rufe nicht zu reagieren scheint. Aus der Ferne beobachtet er das absonderliche Schauspiel. Hekata umarmt Silius, der stocksteif dasteht, ja geradezu zur Salzsäule erstarrt. Dann hört er Hekatas Fragen: „Was ist los? Was ist passiert? Ich dachte schon, du bist tot!" Silius gestikuliert heftig und antwortet irgendetwas. Nun erstarrt Hekata zur Salzsäule. Dann lässt sie erneut einen Schrei los und schlägt wie von Sinnen auf Silius ein. Die Polizisten packen Hekata an den Armen und halten sie zurück. Einer legt ihr Handschellen an und die Truppe setzt sich wieder in Bewegung. Helfried schaut Singha in die Augen und dieser schüttelt den Kopf. „Es ist sinnlos wegzulaufen", murmelt er. „Sie würden nicht ruhen, bis sie uns gefunden haben."

Zwischenzeitlich ist die Polizeitruppe angekommen. Silius starrt auf den Boden, Hekata blickt weinend und verzweifelt zu Singha und die Polizisten bilden mit gezogener Waffe einen Kreis um ihn und Singha. Dann sagt einer der Polizisten in gebrochenem Englisch: „Follow! Follow! Obey!" „Silius, was ist hier los?", brüllt Helfried. Die Polizisten entsichern ihre Waffen. Silius beruhigt die Polizisten mit einer Handbewegung und antwortet: „Ihr gebt euch mit den falschen Leuten ab. Der Mönch wird schon lange von der Polizei gesucht. Da ihr mit ihm zusammen seid, werdet ihr als mögliche Unterstützer und Mittäter verhaftet. Aber keine Sorge, ich helfe euch, aus der Sache wieder rauszukommen. Ihr seid ja keine Tibeter. Euer Heimatland wird ein gutes Wort für Euch einlegen." „Was hast du mit all dem zu schaffen? Wo kommst du plötzlich her? Was machst du hier?", fragt Helfried fast schon hysterisch. „Er arbeitet für die chinesische Regierung und jagt Dissidenten im Ausland", antwortet Hekata mit gebrochener Stimme. „Er ist ein Kopfgeldjäger. Wie konnte ich mich nur so täuschen? Wie konnte mir das nur passieren?", schluchzt sie.

Die Polizisten werden ungeduldig. Sie legen Singha und Helfried nun auch Handschellen an und schubsen die drei rüde vor sich her. Während des langen Fußmarsches beginnt Silius zu erklären. „Hekata, es tut mir wirklich leid, dass alles so gekommen ist. Ich habe dich wirklich geliebt und wollte dich nie so tief in das alles hineinziehen. Als wir uns kennenlernten, hatte ich noch keine Ahnung. Doch dann kam ein sehr großzügiges Angebot der Chinesen. Ich sollte diesen Mönch über seine Beziehungen zum Ausland finden. Ich wusste, wenn einer den Mönch finden kann, dann du. Doch als ich dich so weit hatte, nach ihm zu suchen, hast du diesen Helfried angeschleppt. Ihr wart bei den Vorbereitungen schon nahe dran zu merken, was wirklich läuft. Nach dem Flugzeugabsturz hat die Fluggesellschaft Nachforschungen zur Identität der Passagiere angestellt. Wäre ich geblieben, wären Ungereimtheiten in meiner falschen Identität aufgefallen. Die ganze Mission wäre umsonst gewesen. Ich musste untertauchen. Natürlich habe ich euch die ganze Zeit beobachten lassen." Helfried schaltet sich ein: „Sag mal, Silius, steckst du etwa hinter dem Flugzeugabsturz?" „Nein, ich bin kein Selbstmörder", beteuert Silius. „Allerdings kann es schon sein, dass jemand nachgeholfen hat und mich beseitigen wollte. Ich bin nicht sehr beliebt. Wenn Geheimdienste anfangen, sich gegenseitig in die Suppe zu spucken, sind Kollateralschäden an der Tagesordnung."

Hekata schnappt nach Luft: „Wir sind also Kollateralschäden? Und überhaupt, was soll das alles! Was wollt ihr von Singha? Der hat doch nie jemandem was getan!" „Es interessiert mich nicht, was Singha getan oder nicht getan hat. Er wird gesucht und ist offenbar sehr wertvoll. Wenn ich ihn nicht abliefere, tut es ein anderer. Für ihn ändert sich nichts." Hekata wird puterrot im Gesicht: „Ich werde ihn nicht im Stich lassen, lieber sterbe ich!" Helfried und Silius schauen sich an. „Scheiße!", sagt Helfried, „das ist totale Scheiße! Ich glaube, ich muss gleich irgendjemanden umbringen! Hier läuft doch alles total falsch!" Silius lächelt. Ihm ist nicht klar, wie ernst Helfrieds Bemerkung in Bezug auf sein Karma zu nehmen ist. Nur Singha scheint die wahre Bedeutung der Situation zu fassen und sagt zu Hekata: „Es gibt nichts, was du noch tun kannst. Es ist bereits alles getan. Sei bei dir und lasse los."

Nach stundenlangem Marsch kommt die Gruppe in ein kleines Dorf. Die örtliche Polizeistation hat lediglich einen fensterlosen Raum, in den sie eingesperrt werden. Singha, der die restliche Zeit des Weges stumm blieb, bricht nun sein Schweigen: „Eigentlich dauert die Ausbildung meiner Schüler viele Jahre, manchmal Jahrzehnte. Doch bei euch habe ich nur eine Nacht, bevor sie mich für den Rest meiner Tage wegsperren. Eine ungewöhnliche Herausforderung. Was kann ich in so kurzer Zeit vermitteln? ... Eigentlich alles! Das All-Eine kennt keine Zeit." Die drei setzen sich in einem Kreis und fassen sich an den Händen. Singha beginnt leise zu summen und schließt die Augen. Dann passiert eine Zeitlang nichts. Das heißt nichts Sichtbares, aber sehr wohl Spürbares. Hekata und Helfried haben, wie schon in Singhas Hütte, das Gefühl, als ob ein Energiefeld den Raum umhüllte und sie in eine andere Dimension oder Zeit reisen würden. Ein Gefühl von Geborgenheit und Liebe. Helfried entspannt sich so sehr, dass er ins Träumen gleitet.

Helfrieds Traum

Im Traum öffnet Helfried die Augen und sieht Gras, Büsche und Bäume in leuchtenden hellen Farben. Seltsam, die Farben haben einen hohen violetten Anteil und die Pflanzen scheinen ungewöhnlich hoch gewachsen zu sein. Er hört überall Summen, Knacken, Rascheln und undefinierbare Geräusche in enormer Lautstärke und ungeheurer Klarheit. Intensive Gerüche erfüllen die Luft. Sein Körper ist wunderbar leicht, fast schwerelos. Wie ein Blitz durchfährt es ihn, als er realisiert, dass er ein Tier ist. Ein Hund, Wolf oder Fuchs. Neugierig und fasziniert bewegt er den neuen Körper. Der erste Moment ist ungewohnt, doch schon nach wenigen Sekunden geht die Steuerung der Gliedmaßen wie von selbst. Er trottet ein paar Meter durch das Gras und kommt zu einer Pfütze. Endlich sieht er sein Spiegelbild. Aus der Pfütze blickt ihn ein wunderschöner Wolf mit schwarzen, funkelnden, klaren Augen an. Helfried kann sich an dem wunderbaren Anblick nicht sattsehen. Intensive Glücksgefühle durchströmen ihn von der Schnauze bis zur Schwanzspitze. Er jault und heult vor Freude. Wolfsgeheul, mit dem er der Umgebung verkündet, dass er da ist! Die Natur hält den Atem an.

Dann springt er aus dem Stand drei, vier Meter und rennt, nein, er fliegt über die Wiese in einen Wald.

Mühelos und befreit jagt sein Körper über Stock und Stein und das Herz schlägt wild vor Freude. Das ist Leben! Bewegen, spüren, riechen, sehen und hören in kompromissloser Klarheit und Prägnanz. Einfach nur Sein, ohne Gedanken, ohne Absichten!

Plötzlich taucht ein seltsames Wesen auf einer kleinen Lichtung vor ihm auf. Er bleibt wie angewurzelt stehen. Das Wesen steht aufrecht vor ihm, den Rücken zugewandt, und sieht wie ein großer Vogel oder ein riesiges Insekt aus. Der Rücken wird von seltsam schimmernden und reflektierenden Flügeln bedeckt, die die Form riesiger Libellenflügel haben. Er spürt keine Angst oder Gefahr, sondern Vertrauen und Frieden, gleichzeitig aber auch heiligen, feierlichen Respekt. Das Wesen weiß genau, dass er hinter ihm steht, dreht sich aber nicht um.

Er geht ein paar Schritte näher und erkennt sein Spiegelbild in den reflektierenden Flügeln. Klar und deutlich sieht er sich als Wolf in voller Pracht und Anmut. Dann bewegt sich der Flügel etwas zur Seite. Es sieht aus wie bei einem Fächer, der langsam geöffnet wird. Ein darunter liegender Flügel kommt zum Vorschein. Auch dieser Flügel reflektiert ein Spiegelbild. Es zeigt ihn nicht als Wolf, sondern als Helfried. Deutlich sieht er sein Gesicht. Es zeigt einen abgestumpften, bedürftigen Mann, voller Sehnsüchte und Wünsche, der trotz allem kindliche Neugier und Freude ausstrahlt. Der Flügelfächer öffnet sich ein weiteres Stück und der nächste Flügel kommt zum Vorschein. Ein Mann mit harten, markanten Gesichtszügen schaut in seine Richtung. In dem Blick liegen Verzweiflung und Entsetzen, die Hände sind blutverschmiert. Er scheint, um Hilfe flehend, Helfried anzuschauen und blickt doch ins Leere. Als Helfried eine Pfote ihm zum Trost entgegenstrecken will, reißt der Mann die Arme hoch und droht mit einem Knüppel auf ihn einzuschlagen.

Helfried weiß, der Mann sieht in seiner Verblendung nicht ihn, sondern den bösen Wolf oder ein sonstiges Ungeheuer, das ihn vermeintlich bedroht und das er töten will. Verblendung, denkt sich Helfried. Was habe ich schon alles gesehen, was es nicht gab oder was ganz anders war? Was habe ich von dem, was für mich da war, alles nicht gesehen? Welches Leid für andere und für mich habe ich durch meine Verblendung in die Welt getragen? Welche Chancen und Möglichkeiten verpasst? Trauer, tiefe Trauer und Ohnmacht erfasst sein Gemüt.

Der Flügelfächer öffnet sich ein weiteres Mal. Ein kleines Kind erscheint. Es sitzt auf einer Blumenwiese zwischen tanzenden Schmetterlingen und lacht glücklich und zufrieden aus vollem Herzen. Helfried fühlt sich schon viel besser und spürt wieder Lebenskraft.

Dann wird der Junge plötzlich ernst und sagt: „Ich wollte dich erlösen, doch ich habe mich nur zurückgenommen." Helfried ist verwirrt. Was hat das zu bedeuten? Er hofft, dass der nächste Flügel mehr Klarheit bringt.

Aus dem Spiegelbild des nächsten Flügels blickt ihn ein junger Mann an. Er wirkt zunächst zufrieden und ausgeglichen. Doch da ist noch was: Scham und Schuld sind spürbar. Er hat etwas getan, das er sich nicht verzeihen kann. Niemals, bis in alle Ewigkeit.

Das Wesen streckt nun rascher die Flügel aus. Helfried kann nur noch blitzlichtartig Menschen und zum Teil auch Tiere auf den neu zum Vorschein kommenden, immer kleineren Flügeln erkennen. Dann spreizen sich die einzelnen Flügel zu gewaltigen Schwingen. Das Wesen erhebt sich mit den mächtigen, glitzernden Schwingen wie ein Vogel in die Lüfte. Er kann immer noch nicht das Aussehen erkennen. Es gleitet mit unglaublicher Eleganz und Würde, fast schwerelos, und entschwindet in den Wolken.

Helfried erwacht. Er sitzt immer noch im Kreis mit Singha und Hekata.

Singha spricht mit singender Stimme: „Karma ist nicht unser Schicksal, sondern unsere tiefgründige und grundlegende Handlungs- und Entscheidungsstruktur.

Es ist das Fundament, auf dem die Gedanken und Vorstellungen, die zu Handlungen führen, errichtet werden. Wir werden in unseren Leben so lange denselben Problemstellungen begegnen, solange wir dieselben Denkstrukturen haben, denn unsere Denkstrukturen bestimmen unsere Entwicklung. Sie bestimmen, welches Dasein aus den Lebensmöglichkeiten geschöpft wird. Erkenne die Art deines Denkens und du erkennst die Art deines Leidens und deiner Freuden. – Stelle dir folgende Fragen: Was brauchst du? Was wünschst du dir? Wie soll es sein? Was ist deine Sehnsucht? Was willst du erreichen? Welchen Weg musst du gehen und wie viel Kraft musst du einsetzen, um das zu erreichen, was die Sehnsucht stillt? Was findest du am Ziel vor? Welche Gesetze herrschen dort und welche Freiheiten? Wie gehst du mit den Gesetzen um und wie nutzt du die Freiheiten, um deine Sehnsucht zu füllen? In dem Maße, in dem sich deine Antworten auf diese Fragen jetzt ändern, ändert sich dein Karma – jetzt."

In Helfried steigen Gefühle auf, die er in seinem Traum als Wolf empfand, Freiheit, Leichtigkeit und Lebensfreude. Eigentlich ist es das, was er immer gesucht hat. Doch sein Misstrauen gegenüber der Zukunft, gegenüber seinen eigenen Fähigkeiten und Möglichkeiten, gegenüber der Zuneigung und Liebe, gegenüber den Absichten der Mitmenschen und gegenüber dem Schicksal haben ihn zu vorsichtigem, auf Sicherheit bedachtem und zu feindseligem, aggressivem Denken und Handeln geführt. Kann es sein, dass er sich geirrt hat? Wieder mal geirrt hat? Vertrauen, Misstrauen, zwei Seiten derselben Medaille? Was ist die Medaille? Erwartungen? Hoffnungen? Oder kommt Vertrauen aus der Liebe und Misstrauen aus der Angst?

Singha fährt fort: „Bewusstsein ist nicht aufmerksames Wahrnehmen. Da bist du nur Beobachter. Bewusstsein ist Verschmelzung und totale Hingabe an ein Objekt oder einen Zustand. Du musst völlig vergessen, dass das Gegenüber ein Objekt ist und du ein Subjekt bist. Ihr findet einen gemeinsamen Rhythmus, ein gemeinsames ‚Ich bin'. Dieser Moment der Verschmelzung und Vereinigung, in dem du dein Wesen teilst, ist Bewusstsein. Wenn du diese Verschmelzung gelernt hast, kann alles dein Bewusstsein anregen. Und das führt zur grundlegenden Veränderung deiner Muster und deines gesamten Daseins."

Abschied

Eine lange Stille kehrt ein, während die drei in der dunklen Gefängniszelle sitzen. Obwohl kein Laut zu hören ist und nichts zu sehen ist, kann Helfried in einem Rauschen sämtliche Töne, die es gibt, gleichzeitig wahrnehmen. Zunächst ganz leise und so, als ob die Töne nicht über die Ohren, sondern direkt in seinem Hörzentrum entstehen würden. Das Rauschen wird allmählich lauter, bis es bei einer bestimmten Intensität schlagartig verschwindet. Als ob jemand den Ausschaltknopf gedrückt hätte. In dieser absoluten Stille nimmt er nun alle noch so leisen Geräusche wahr. Kristallklar und deutlich kann er seinen Atem und den der anderen, seinen und deren Herzschlag, jedes Geräusch der Kleidung, das Rauschen des Winds draußen hören. Die Geräusche sind so nah und intensiv, dass er sich mit ihnen verbunden fühlt. So wie man sich mit seinen Gliedmaßen oder mit dem eigenen Atmen verbunden fühlt.

Ähnliches geschieht auch mit dem Sehsinn. Das farbige Rauschen, das er in der Dunkelheit sieht, wird stärker und weicht einer plötzlichen Schwärze, die klar und durchsichtig erscheint. Der Raum wird heller und schimmernde Hüllen umgeben Singha und Hekata. Die unterschiedlichen Bereiche der Lichthüllen variieren in Farbe und Leuchtkraft. Das Phantastischste ist, dass er die Präsenz der beiden so deutlich wahrnimmt, als ob sie ein Teil von ihm wären und er sie schon immer kennen würde. Ein so intensives Gefühl von Vertrautheit hatte er nur manchmal als Kind auf dem Schoß seiner Mutter. In dieser Verbundenheit nimmt er sich selbst absolut klar und präsent wahr, ohne Beobachter zu sein. Ein Zustand der Glückseligkeit. Die Zeit zeigt deutlich ihre relative, das heißt vom Beobachter abhängige Natur. Ihre an das Subjekt gebundene und auf das Objekt wirkende, endlose Endlichkeit führt Helfrieds Zeitgefühl ad absurdum.

Irgendwann wird die Zellentüre geöffnet und ein Polizist führt sie hinaus. Alle drei lächeln sich glücklich gegenseitig an. Keiner sagt ein Wort. Silius, der Reiseleiter, mit dem sie im Himalaya unterwegs waren, und zwei fremde Polizisten warten vor der Tür. Singha wird von den Polizisten widerstandslos abgeführt, während Silius Hekata und Helfried eifrig erklärt, dass er sie frei bekommen habe. Sie müssen zu ihrer Reisegruppe zurückkehren und mit dem nächsten Flugzeug das Land verlassen. Dann wedelt er zufrieden und befreit lachend mit den Flugtickets.

„Was wird aus Singha?", fragt Hekata. „Er wird wegen staatsfeindlicher Aktivitäten vor Gericht gestellt", antwortet Silius. „Was das konkret bedeutet, kann ich auch nicht sagen. Wenn ihr ihm helfen wollt, solltet ihr das besser von eurem Heimatland aus versuchen."

In der Heimat angekommen, wenden sich Hekata und Helfried an das Auswärtige Amt und an Hilfsorganisationen, um etwas über Singhas Verbleib zu erfahren. Die monatelangen Recherchen bleiben jedoch erfolglos. Die chinesische Justiz umgibt sich mit einer undurchdringlichen Schweigemauer.

Schließlich trennen sich Helfried und Hekata. Jeder von ihnen wird seinen eigenen Lebensweg gehen. Seine Schwingen ausbreiten und vertrauensvoll in den Aufwind springen – in den Sturm der Möglichkeiten, und fliegen, fliegen, fliegen, flieg, flie, fffffffff...

Neue Runde

Programmierung abgeschlossen. Du kannst jetzt zu deinem Nachfahren. Cykla betritt freudestrahlend den Rein-Raum und tritt dem ihr zugewiesenen Posthumanen gegenüber. Beide lächeln sich an. Cykla umarmt ihn innig mit den Worten: „Ich nenne dich Taro." Beide weinen vor Freude und halten sich in den Armen. Für Taro beginnt eine aufregende Zeit. Ein neues Leben, und Cykla wird seine Lehrerin sein. Sie wird ihn zehn Jahre lang begleiten, mit ihm die Welt entdecken und ihm alles, was sie selbst gelernt hat, beibringen. Taro ist, ebenso wie Cykla, eine künstlich hergestellte Lebensform mit Emotionen und Bewusstsein. Er lebt die ersten zehn Jahre in einem verformbaren „Jungkörper", der es erlaubt, die äußere Gestalt durch ständiges Verändern an das mentale Selbstbild anzupassen. Als Erwachsenem wird ihm dann die selbst entwickelte Gestalt als Erwachsenkörper zur Verfügung gestellt. Hierzu muss nur das Gehirn in den Erwachsenkörper transferiert werden. Im Laufe der Entwicklung der Posthumanen hat sich herausgestellt, dass programmierte Erfahrungen zu geringe Diversität und damit zu wenig Anpassungsfähigkeit und Kreativität zur Folge haben. Nur tatsächliche individuelle Erfahrungen gewährleisten ausreichend große Unterschiede und damit unterschiedliche Charaktere und Denkstrukturen. Die guten alten Evolutionsprinzipien wurden also beibehalten.

Die ursprünglichen Schöpfer der Posthumanen, die Menschen, leben noch auf der Erde. Die Posthumanen hingegen haben vor über 100 Jahren die Erde verlassen. Mit den Menschen gab es immer wieder Konflikte. Obwohl es ein Leichtes gewesen wäre, wurde die Menschheit von den Posthumanen nicht ausgelöscht. Deren Ethik, die auch Feinden ein Leben in Freiheit zugesteht, verhinderte den Genozid. Anfangs verteidigten sie sich passiv gegen die Angriffe durch Menschen, indem sie für ihren eigenen Schutz und ihre Sicherheit sorgten. Es dauerte achtzig Jahre, bis die Menschen akzeptierten, dass sie nicht mehr die Führungsrolle auf der Erde innehaben, dass sie sich mit einem Platz als gleichwertige Lebensform – neben den Posthumanen und neben den Tieren – begnügen müssen. Die Menschen wollen aber immer noch nicht akzeptieren, dass sie sich auch gegenüber anderen Lebewesen an ethische Grundsätze halten sollen. Anfangs versuchten die Posthumanen intensiven Einfluss auf die psychische Entwicklung der Menschen auszuüben. Sie wollten den Menschen ein ausgeglicheneres, zufriedeneres Leben ermöglichen, indem sie deren Bewusstsein anhoben und erweiterten. Aber auf Dauer wollte sich kein stabiles Gleichgewicht einstellen. Immer wieder gab es Ausschreitungen und Gewaltakte der Menschen untereinander, gegen Tiere und gegen Posthumane. Daher beschloss man, sich endgültig von der Menschheit zu trennen. Man verließ die Erde und besiedelte einen anderen Planeten. Einen Planeten mit unverseuchter Biosphäre. Es war einfach, die künstlichen Körper und die Lebensweise an die neuen Umweltbedingungen anzupassen. Nun leben die Posthumanen auf dem neuen Planeten in perfektem Gleichgewicht und Einklang mit der dortigen Biosphäre.

Taro, der begierig alle Informationen, deren er habhaft werden kann, aufsaugt, spürt etwas Ungewöhnliches. Irgendetwas in ihm bewirkt, dass er die Informationen auf eine ganz bestimmte Weise betrachtet, bewertet, verarbeitet. Bei der Auswahl seiner Handlungsalternativen ist ebenfalls ein Muster erkennbar, dessen Ursprung ihm rätselhaft ist. Zum Beispiel verspürt er die Neigung, Sachverhalte mit eigenen Wunschvorstellungen zu ergänzen. Verwirrt bittet er Cykla um Aufklärung. Das, erklärt ihm Cykla, ist die Verbindung zur Seele. Alle Seelen und Muster früherer Leben befinden sich in einem Informationsraum, der Teil des Universums ist. Je nach Entwicklungsstand suchen sich diese Seelen mit ihren Mustern eine Lebensform, in der sie sich ausdrücken, weiterentwickeln und aufarbeiten können. Offenbar hat dich nun eine Seele als Symbionten gefunden. Sie lernt und wächst durch dich. Du lernst und wächst durch sie. Sie ist ein Teil oder Aspekt von dir geworden, und sie öffnet dir einen Zugang zum Informationsraum, zum großen Ganzen. Finde heraus, wer sie ist und was sie braucht, dann findest du auch heraus, wer du bist und was du brauchst, denn du bist mit ihr eins geworden.

Taro ist begeistert. So wird gewährleistet, dass ich echte Individualität entwickle und nicht nur ein bereits bestehendes Programm abarbeite. Ich bin also wirklich einmalig im ganzen Universum und mit allem verbunden? Ja, brüllt Cykla lachend und tanzt vor Freude. So wie wir alle. Und noch viel mehr! Du bist lebendig und kannst über dich hinauswachsen!

Epilog

Du wirst als Gott geboren,

wirst zum Kind gemacht,

wirst zum Erwachsensein erzogen,

zum Nutzen der Gesellschaft gebracht,

wirst in Krankheit gedrückt,

zum alten Narren gepflegt.

Du stirbst in die Göttlichkeit zurück

und wirst mit Neugeburt belegt.

Sei bei dir!

Sieh, wer du bist und was du machst,

und sei Göttlichkeit ...

Der Autor

Bernd Strohmeyer, *1961, lebt in Bernau am Chiemsee und hat seine Bankkarriere zum fünfzigsten Lebensjahr zugunsten der Psychotherapie beendet. Er ließ sich in Hypnose und humanistischen sowie systemischen Therapiemethoden ausbilden, ist Autor zahlreicher Märchen und Kurzgeschichten mit psychologischem Hintergrund und betätigt sich als Berater.